馔

成为作家
The Writer's Hustle

[美] 乔伊·富兰克林 著
[美] 凯丝·理查兹 绘
葡萄柚 译

中国友谊出版公司

图书在版编目（CIP）数据

成为作家 / （美）乔伊·富兰克林著；（美）凯丝·理查兹绘；葡萄柚译. -- 北京：中国友谊出版公司，2025.7. -- ISBN 978-7-5057-5957-2

Ⅰ.Ⅰ04

中国国家版本馆CIP数据核字第2024UB8042号

著作权合同登记号 图字：01-2024-4011

Copyright © Joey Franklin, 2023
Illustrations © Kath Richards, 2023
This translation of The Writer's Hustle is published by arrangement with Bloomsbury Publishing Plc.
本书中文简体版专有版权经由中华版权服务有限公司授予北京创美时代国际文化传播有限公司。

书名	成为作家
作者	[美] 乔伊·富兰克林
绘者	[美] 凯丝·理查兹
译者	葡萄柚
出版	中国友谊出版公司
发行	中国友谊出版公司
经销	新华书店
印刷	北京中科印刷有限公司
规格	787毫米×1092毫米 32开 8印张 152千字
版次	2025年7月第1版
印次	2025年7月第1次印刷
书号	ISBN 978-7-5057-5957-2
定价	59.00元
地址	北京市朝阳区西坝河南里17号楼
邮编	100028
电话	(010) 64678009

如发现图书质量问题，可联系调换。质量投诉电话：(010) 59799930-601

致我亲爱的岳父迈克尔，
他正在云端的光辉中，奋力书写。

"一个等待万事俱备才能工作的作家,
会在动笔之前死去。"

—— E. B. 怀特

目录 CONTENTS

引言　01

第一章
好好利用每一天　001

习惯一　观察 / 004　　习惯二　做笔记 / 006
习惯三　一直写 / 007　　习惯四　有意识地上网 / 013

第二章
掌握写作小组的艺术　023

正式的写作工作坊 / 027　　非正式的写作小组 / 034
批评的伦理 / 037

第三章
成为一个优秀的文学公民　047

阅读超越流派与文化的界限 / 050　　参与本地活动 / 052
找到线上社区 / 056　　分享你有见识的观点 / 061

第四章
找到一位导师　067

我真的需要帮助吗 / 070　　怎样找到一位导师 / 075
尊重边界 / 079

第五章
参与研讨会、写作营或驻地计划　087

术语定义 / 091　　哪个最好 / 093　　做出合适的选择 / 094
完成申请 / 097　　准备旅程 / 099

第六章
完成项目　109

优先处理工作 / 112　　奖励自己 / 118　　相信过程 / 119
应对创作困境 / 121　　深入倾听反馈 / 125
关于论文和学位论文的几点注意事项 / 128

第七章
投稿　135

为什么现在投 / 138　　如何投稿 / 141
短篇文学作品（诗歌、故事、散文等）/ 143
商业出版的文章（自由撰稿）/ 146
小说、回忆录和书本长度的非虚构作品 / 148
诗集 / 150　　戏剧剧本 / 151　　电影剧本 / 153
新媒体和自出版 / 155　　自荐 / 161　　协商 / 168

第八章
考虑更多的学校   171

本科项目 / 174　　研究生项目 / 176　　谁需要博士学位 / 182
如何选择适合的项目 / 183　　申请研究生 / 188
比较录取通知书 / 191　　应对拒绝 / 191

第九章
为写作的职业生涯做准备   195

现实世界中的创意写作技巧 / 199
为职业生活做好当下的准备 / 204　　追求学术职业 / 209

第十章
坚持不懈   223

作息规律是神圣的,但并非一成不变 / 227
作家的笔记本:如金矿般宝贵 / 228
文学传统可以激发我们的灵感 / 229
我们始终需要其他创意人才 / 230
所有写作工作都是创造性的 / 231
并非所有的写作工作都足够有创意 / 232

致谢   238

插图列表

1 如何记笔记 / 008

2 反馈的艺术 / 041

3 对公众朗读 / 055

4 艾米莉·狄金森教你如何找到导师 / 078

5 写作研讨会、写作营、还是驻地计划 / 095

6 要不要滚动浏览社交媒体 / 117

7 投稿伦理指南 / 162

8 研究生院：哪个学位适合我 / 184

9 面试过程 / 219

10 作家宝典：一份自我评估 / 234

引言

这是一本关于奋斗①的书。我并不轻易使用这个词,尤其花了好长时间才说服布鲁姆斯伯里出版社让我用作书名的首选。毕竟这个词带有一些负面含义。在好莱坞,奋斗常常与台球高手、扑克玩家和皮条客联系在一起。在商业领域虽然本意是指创业精神,但奋斗却经常与二手车展销和度假房推销活动的精神相联系。本书曾希望采访一位诗人,他对这个词表达了严重的忧虑,坚决认为"奋斗者心态"在创意写作者的生活中没有立足之地。

---

① 本书原名 The Writer's Hustle,"Hustle" 即 "奋斗" 之意。——若无特别说明,本书注释皆为译者注

还有运动员的奋斗。健身房的海报赞美那些为队友树立榜样、工作更努力、训练得更久,并在比赛最后几分钟格外拼命的选手的奋斗精神(比如"奋斗的人会交好运"和"白日梦是免费的,而奋斗需要付出代价")。但我此处想要表达的奋斗不完全是这种精神。

那么,想象一下作家在实际写作以外所做的所有工作。当然花一个小时、一个下午或一年时间在键盘前是需要奋斗的(想想海明威为了"把文字写对"而把《永别了,武器》最后一页重写了 39 次),但作家的奋斗远不止在键盘前的时间。作家在键盘前做准备,在那之后也需要奋斗。

这是琼·狄迪恩的奋斗,她一生都习惯在日记中写作,以此与过去的自我"保持熟人关系"。这是谢丽尔·斯特雷德的奋斗,她投身波兰写作小组,以完成自己最畅销的回忆录《荒野之旅》。这也是艾米莉·狄金森的奋斗,她写了数百首诗,然后寻求导师的帮助,因为正如她说,"心灵离得如此之近,它无法看清"。这是布克奖得主马龙·詹姆斯的奋斗,他在出版第一部小说之前经历了将近 80 次拒绝。还有科尔森·怀特黑德的奋斗,他设立每周写 8 页的目标,截至目前已经出版了 10 本书,两本获普利策奖。

当然了,还有成千上万在聚光灯外努力工作的作家。18 岁的青年在他的第一个笔记本里填满诗歌;一位研究生熬夜读完一部小说;会计师终于要参加写作营,打磨她的回忆录了;

公民记者在衣橱里录制播客；社交媒体的书籍评论员在网上传播对佳作的赞美；一大批志愿者组织朗读会、开放麦之夜和文学节。在线创作者社区遍及全球，大家彼此支持鼓励。还有成千上万每天都在努力工作的其他作家，他们有时创作自己喜爱的作品，有时为了赚钱。每个人都为自己的写作腾出了时间。

这就是一名作家的奋斗。它代表了参与更宏大对话的渴望，庆贺已有的作品，贡献一些自己的思想。它意味着创造性地处理问题，无论在纸面还是生活中，对我们的作品都要有足够的自信，并保持足够的谦虚向他人请教。它是树立自律心态，将写作视为持续一生的工作，培养必要的耐心，在无法达到期望时宽恕自己。

明确一点，我不认为通往写作人生只有一条单一的路径。条条大路通罗马。作家的成功之路是个人的、独特的，并且常常会变化、延迟、走弯道。并不需要按照一个预先规划好的单一路径前行，而要观察他人如何找到自己的路，然后以这些榜样为指引，开辟属于我们自己的正确路径。

基于这一点，我以作家发展的大致脉络来组织编写本书。我们首先详细了解作家的日常生活，然后讨论写作小组和正式工作坊的作用，导师的价值和参与写作社区的重要性。接下来，我们考虑写作研讨会、驻地计划和写作营的目的，介绍一些完成写作项目的详细策略，并简要介绍将这些项目推向世界的多种方式。在接近末尾的部分，我们将着眼正规创意写作教育的潜在优点，讨论学术领域内外创意写作者的职业机会。最后，我们将用长篇幅来讨论作家的奋斗，以及如何在一生中持续奋斗。

本书的每一章都会提及数十个不同领域的作家，包含他们在个人采访中的趣闻逸事和建议，以及在写作手册、指南、发表过的采访、杂志文章、博客帖子、咨询论坛、YouTube 视频和播客搜寻到的信息。我还加入了一些自己写作经历中的笔记。当然了，任何一本书都无法包含作家所需的全部信息，所以最好将每一章都视为入门指南。如果想要了解更多信息，以及示例文档、案例研究、深度采访、资源链接和其他资料，请访问本书的配套网站。

这个项目源于我的学生们对写作生活提出的各种问题，最初我设想它是一本完整的创意写作教育伴读教材，陪伴写作者从本科第一次工作坊一直到研究生阶段及以后。但本书全部内容适用于所有写作者，无论是自由撰稿人、艰难度日的艺术家、寄希望于新媒体的人，还是持观望态度的爱好者。毕竟，不是文凭或出版社让我们成为作家。重要的不是我们认识谁，在哪里工作，社交媒体上有多少粉丝，而是每一天我们是否做了实际的工作。而支撑这种工作的唯一美德就是奋斗——将创意、纪律、谦卑和决心紧密地结合起来，让每位作家得到蓬勃发展。

希望本书能助你孕育更多自己的力量。

第一章

好好利用每一天

第一章 好好利用每一天

"你知道什么,才能写什么。"此话虽是一句古老的箴言,但也不尽合理。我们从这里开始讨论。认为写作只能取材于实际经历,好比我们只能依据尝过的食物才能做食谱,否定了想象、共情、文献研究和实验写作的可能性。其实亨利·詹姆斯早就有著名的语录对此提出质疑:"成为一个不会错过任何事物的人。"算是对这老掉牙论断的直接回应。当然了,他似乎想表达,靠自己的经验来写作,但要让经验尽可能地深远、丰富和宽广。对詹姆斯来讲,经验意味着体察内在的思绪,培养"根据已知来推测未知,探寻事物的言外之意,从模式来判断整体趋势的能力"。

像作家一样体验世界需要专注,但在 21 世纪绝非易事。我们富有创造力的生活需要从日常的工作、家务,从与恋人、孩子、宠物的相处中,从滴漏的水龙头、喝光的咖啡壶中,从推特[①]社交网站、付费电影[②]电视节目平台等种种杂事中脱离出来。可能这么想也不尽然。我们也许的确生活在一个充满喧嚣的时代,但将那些看似让我们分心的琐碎事物转化为灵感源

---

① Twitter 是一家美国社交网络及微博客服务的公司,致力于服务公众对话。
② 原文中社交网站指 Reddit,付费电影电视节目平台指 Netflix,即网飞。

泉会如何？不如这样想：作家的日常生活并非筑上一堵墙将自己和嘈杂隔离开，而是在喧嚣中养成习惯，让创造的念头时刻保持生机。我们肯定都需要一点独处的空间来完成写作，但在写作间隙，可以做很多事情来充分体验生活。

习惯一　观察

不要只简单一瞥，要留心地看。想想我们如何运用"观察"这个词。总统大选日的监察员、实验室里的心理学家、楼顶的游客……见到的所有人物全部一股脑纳入心中。观察意味着要去理解，产生与他人紧密相连的感觉，要看到大局。

对于大多数作家，观察是创造过程中至关重要的第一步。比如娥苏拉·K.勒瑰恩写道："我对人类内心深处的所有了解，都来自基于观察的想象。"然而为了结合观察和想象力，不能只"写我所知"，还要如小说家李·查德所言"写你所感"。精彩的写作意味着培养对人性的热情，包括所有充满激情的情感——喜悦、期待、心醉神迷，以及恐惧、焦虑和痛苦。"大家都认为作家比一般人更了解人性"，玛格丽特·阿特伍德写道："这是错的，他们了解得更少，所以才写作，试图弄清楚其他人视为理所当然的东西。"我希望你耳畔会再次响起亨利·詹姆斯的声音："只有当我们不再视一切为理所当然时，才能成为一个不会错过任何事物的人。"

观察实际意味着我们对内在和外在的体验保持开放的态度。"你读到、看到、听到或经历的一切都可能变成写作的主题",小说家朱厄尔·帕克·罗德斯写道,"任何一个想法、直觉,或是想追溯与祖先的关系,都有助于你成为一位更优秀、更有见地的作家。"小说家蒂姆·德内维让自己"时刻留意生活中真正感受到惊奇的瞬间。不仅指某件事,还可能是一个事实,甚至一个物理空间。那些时刻自己被某个念头、两人间的互动或历史中的事件深深吸引"。

观察意味着细细品味自然和社会的复杂,意味着探究历史的风起云涌,在终极意义上,观察就是感知人心震动的地震仪。观察还意味着在日常交往中关注人性,追求丰富的体验。比如青少年小说家茱迪·皮考特曾与因纽特人尤皮克原始部落共进晚餐,住过阿米什人①的奶牛牧场,探访过死囚,甚至还"躺过执行注射死刑的桌子"。

观察并不总需要实地考察。青少年小说家马丁·莱维特解释:"作家的首要技能就是学会如何充满想象力地将自己的灵魂注入他人的身体里生活。"虽然莱维特写的是虚构作品,但她的方法适用于所有文学体裁。创造人物,想象读者的模样,赋予诗意人格以思想,或刻画我们生活中遇到的人,都需要花时间琢磨他们的内心活动。莱维特曾耗去数小时来想象自己是一

---

① 主要分布于北美的宗教团体,过简朴的农耕生活,拒绝一些现代科技。

个"困在世贸中心的人,正在进行婚礼的公爵夫人、失去了孩子的友人,或者无家可归的男孩、雏妓、拓荒者,以及囚犯"。

习惯二　做笔记

我念研究生的时候参加志愿活动,去俄亥俄州哥伦布市的机场接作家大卫·希尔兹。我开车带他回阿森斯县,因为他在那里有一场读书会。我很喜欢这位作家,希望在90分钟的路途中尽可能地与他交流。在独自开往哥伦布的路上,我思考了很多可能会问他的问题。可是接到希尔兹后,倒是他开始一个劲儿地问我了。

他问我的家庭、学校和手上的项目,尽管我已经准备了足够多的问题来表明对他的生活感兴趣,但貌似他对我更加好奇。我或许会认为,作为优秀的文学导师,他拥有出色的访谈技巧,但同时他全程都手持摊开的笔记本,让人联想到高大、瘦弱而又敏锐的记者形象。在我的福特雅士车里,他的长腿伸到前座,笔记本摊在膝上,奋笔疾书。当他在我们的闲聊中做了整整一小时的速记员之后,我终于得以问他笔记本的事。"我尽量写下一切有用的东西,以备日后使用。"他说。记得当时我有些受宠若惊,但也想起来,那年在一次会议上见到有人穿T恤衫,上面写着:"对我好点,不然就把你变成我下本书里的素材。"从中我学到第一点:如果我们不记录,对这个世界观察再多也没有用（也许还有一点：一位严肃的作家无论何时都应该随身携带纸笔，以备不时之需）。

"如果你是作家，或想成为作家，就应该如此度日，"安妮·拉莫特写道，"去听，去观察，搜集细节，让孤独的写作有所回报。你将采集到的素材，无意间听到的谈话内容全部带回家，然后点石成金（至少你试过了）。"或许从希尔兹那儿我们还可以学到一点：以自己的方式记笔记。我不像他那样带纸和笔，但我一定会使用手机备忘录。总之我们怎样记笔记没那么重要，重要的是像纳塔莉·戈德堡所说要有投身"记录细节，书写历史"的奉献精神。（图1）

习惯三　一直写

如果养成观察和记笔记的习惯，在某种程度上是将每段经历都视为潜在的灵感源泉，那么以自己的方式记笔记的习惯则将每次写作都视为创造的机会。每份电子邮件、办公室备忘录、支出报表或学期论文，都是实战的练习场——组织句子，玩味韵律，将我们的一小部分自我书写出来。

对学生来说，这个提议可能挺简单。大三的时候我意识到，无论上什么课，我都可以将写作任务视为创作。不是说在人类学课的笔记里悄悄插入韵律，或在实验室报告中编写生动的场景（那太搞笑了），而是我意识到，每次下笔都需要书面

如何记笔记

"努力成为一个不会错过任何事物的人。"

——亨利·詹姆斯

以最少的投入
获得最大的自由

既省钱又简单的办法

"即使你写出的是全世界最糟糕的作品,也无所谓,无须记挂心上……一本便宜的螺纹笔记本足够了,快速地写满它,你也买得起下一本。"

——纳塔莉·戈德堡

纸质记录法

日记本
写下一日见闻

笔记本
记录大致的草稿、清单,
迸发的灵感

记事簿
追踪进度和目标

"笔记本让我坚持写作——面对拒绝、成功、灵感和觉醒,面对学龄前的双胞胎、发脾气、田野考察、雪花飞舞,在巅峰和低谷,待在家或出门去——这一年中的每个月我都有事可写。"

——兰登·比林斯·诺布尔

电子记录法

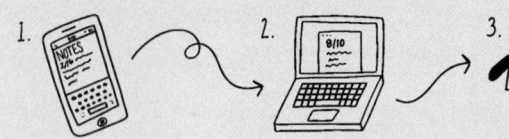

1. 在智能手机上记下每日随笔和观察

2. 每隔几天,就将写得还不错的部分誊到电子文档中(不要忘记为它们添加日期)

3. 运用"搜索"功能查找,永久保存

"养成每天或每周都记录的习惯,不仅仅是你留意的事物,还可以是你正在思考和着迷的事情,因为它们通常有潜能发展为更大的写作主题。"

——托尼·詹森

图 1 如何记笔记,亨利·詹姆斯,"小说的艺术",《朗文》杂志第四期(1884年9月)。

表达出一种声音，我不妨将那个声音发展为自己的声音。通过这种小而关键的心理转变，任何写作都可以成为提升我技艺的机会。

即使我不在学校了，生活本身也可以作为写作的实验场。与工作相关的写作、社交媒体帖子、给家人写邮件，甚至编短信，都是实践。想想看，在最不起眼的地方发现作者的个性，还有什么比这更让人耳目一新？以下是我最喜欢的几个例子。

有性格的小姐

希瑟·哈蒙德是我所在英语系的业务经理，她有一项工作是向全系的教职员工发送长而细致的邮件。这项工作通常吃力不讨好，但她总以一种愉快的语气来写作。在最近一封提醒教职员工提交报告的邮件中，哈蒙德写道：

> 年度报告的截止日期是1月15日，星期五。你可能想知道，我是否真的会在周五晚上下载这些报告而不是等到假期结束后的下周二。受过良好教育的你，这样猜可能是对的。

某冬日早晨，在一封宣布火警演习将按计划进行的邮件中，她在主题栏加了一句"救救你们自己！"，然后写道：

今天下午两点，跟我一起在指定地点集合，那时我们的大楼将在想象中起火。捎上自己的外套和热巧克力。我带零食。谁最后到，谁就是混蛋。

哈蒙德允许自己的个性在日常通信中展现，又不会偏离主题。这分外的心思使她的邮件读起来令人愉快，并将便笺写作提升到一种艺术形式。

教科书作者的反叛

在数学和自然科学的教科书中，没有多少可进行创意修饰的空间，但许多教科书作者发现，即使一个小小的体现个性的举动，对读者来说也意义非凡。比如休·D.扬与罗杰·弗里德曼合著的《大学物理与现代物理》，读起来就像你想的那样，只是偶尔提起一个名为罗克莫顿表哥的虚构人物。"罗克儿"，文中常这么叫，他作为角色出现在几个以故事为背景的问题中。"一次家庭野餐上，"题目写道，"你被指定去推那讨厌的罗克莫顿表哥荡秋千。"另一道题写："罗克莫顿表哥紧紧抓住晾衣绳的一头，上下摇动。"每次罗克莫顿表哥都引起欢笑，并给问题增添了一点点人情味。然而罗克儿并非教科书中唯一体现个性的例子。在大卫·哈利迪、罗伯特·雷斯尼克和吉尔·沃克合著的《物理学基础》中，出现了一群可怕的、不具名的政治学专业学生。题目的一部分这样写：

> 你被政治学专业的学生绑架（就因为你对他们说政治学不是正经科学，气坏了）。即使被蒙住双眼，你仍可以通过引擎的嗡嗡声判断车子的速度，通过心算秒数估计行驶时间，依据矩形街道系统判断行驶方向。

物理学学生应当拥有《谍影重重》里杰森·伯恩般的生存技能。这道题考你绑匪的车到底开了多远，驱车结束时面朝何方。

罗杰·弗里德曼告诉我，大多数当代物理教科书都有类似的幽默元素。在弗里德曼和其他一些作者看来，这些创意不仅仅是送给心力交瘁的物理学学生的彩蛋，更宣示了对文字的所有权。弗里德曼认为，它们提醒学生所学知识的现实意义。"学生们常常是第一次接触物理学，让他们意识到这门学科与人类活动息息相关十分重要。"弗里德曼说。罗克莫顿这样的角色让学生们知道，所有那些复杂的解释、公式，都在现实世界中具有意义。文字表象之下，有一个真实的人物在帮助他们理解事物。

博物馆中的惊喜

几年前,结束海外访学之时,我和家人一起参观苏格兰北部的考德城堡。那时我们已经见识过英国各地博物馆的古物争奇斗艳,对将要看到什么有所预期——目不暇接的金框油画,华美的陶瓷餐具,抛光良好的细木家具。然而我们参观考德城堡时,还是完完全全被惊艳到了。

房间本身并没有什么特别之处,走到哪儿都是金框肖像画和富丽堂皇的家具,但每个房间的墙上都有一个牌子,写着各种展品的介绍。不是那种典型的、干巴巴的博物馆资料,而是由第六代考德伯爵亲自写的风格大胆、带有诙谐意味的注释。

其中一个房间,一对四柱卧床的注释上写:"这两张床并非一模一样,即便如此,它们拼在一起还是像一对普通的、和蔼可亲的英国情侣。"在改造过的厨房,伯爵写的现代铜制抽油烟机引起我们的注意,他指出通风管道的出口怎样"直接进入古老的烟囱,让苏格兰名菜羊杂碎肚没了气味"。他提到一个中世纪的角杯,可能是"极为出色的、彻头彻尾的赝品",一把古老的波斯小刀,刀刃钝到"几乎无法切下一块酸奶酪",并将一块有 4000 年历史、青铜时代的石雕称为"无聊透顶的石头,傻大个儿似的"。

介绍祖传之物和几件小小的国家珍宝本可以通过一本目录册草草了事，但伯爵幽默风趣的文字让我们感觉像是与他本人一起进行个性化的游览。而且我几乎可以肯定，比起一板一眼的博物馆程式化运作，伯爵一定更享受这项工作。

习惯四　有意识地上网

对于一个居住在经济发达的国家、收入相对稳定、有时间将思想付诸纸面的作家来说，网络干扰可能是创作佳作的最大障碍。我们发推特、分享、滚动浏览、点击"观看下一条"，极大地忽略了本可以方便地汲取人类智识、艺术和科学进步的所有精华这一事实。

尽管互联网可以提供各种潜在资源，但归根结底它只是一个巨大的吸取时间的黑洞，让我们困在多巴胺奖赏的循环中，阻碍我们成为作家，做最有价值的工作。技术专家雅龙·拉尼尔将智能手机称为"与你如影随形的笼子"，坚持认为我们都应戒掉社交媒体，因为它"持续而微妙的操控""不道德、残忍、危险且不人道"。无论这是否言过其实，大多数人会同意上网花掉的时间会比预计的多。此种心理过程与玩游戏机类似。

如果想写出好作品，我们必须就上网习惯向自己清醒地发问：怎样将网络与写作目标相契合？我们都读些什么？与谁交流，为什么交流？网上消磨时间后感觉怎样？如果几经思索后决定改变，有几个办法能帮助我们摆脱牢笼。

软件程序，或像浏览器的插件，可以通过切断对互联网或其他应用程序的访问来帮助我们专注写作。再者，Microsoft Word，Scrivener，Pages 和 OpenOffice 这样的文字处理程序具有"专注"和"全屏"模式，能帮助免去电脑显示屏的干扰。我试过将手机放到另一个房间，或干脆关机，但相较之下更喜欢弗朗西斯科·齐立罗的"番茄工作法"，即在 25 分钟的专注写作中将手机静音。25 分钟写作后我会休息 5 分钟，然后重新设置计时器继续写作。

只要下载合适的时间管理软件就能提高写作效率，这非常简单。这样想想很好，但实际上为了让互联网不干扰我们的创造力，要始终与它协调好关系。其中一个办法就是思考上网的意义。当然了，我们会观看视频，浏览无穷无尽的图片，但上网终究是为了阅读和写作——大量的阅读和写作。这些方法能否帮助我们成为更好的作家，取决于我们的意识。

有目的地阅读

滚动浏览社交媒体推送的体验十分被动，几乎不能称其为阅读，应该称其为"填鸭"——互联网希望我们"进食"，任由它选择"食物"然后强迫我们吞下去。我也许会看到来自朋

第一章 好好利用每一天

友或几个我认识的作者的帖子,但我绝对会看到很多广告。无论看似多有趣,我都很少点开链接,因为屏幕下面可能有更吸引眼球的东西。

社交媒体让我感觉像是晚宴上尴尬的来宾。滚动浏览动态在社交方面相当于坐在沙发上,听着人们边交谈边从身旁走过。参与引人深思、轻松、闲聊式的交流固然很好,有些谈话我也想要加入,但可供选择的话题实在太多。半小时过去了,我还是坐在沙发上,没与任何人说话。我错过了与朋友聊聊他们的新工作、新宠物或者佛罗里达的旅行,也错过了聊聊最近美国全国公共广播电台的节目。甚至会错过我崇拜的名作家。我刚读了这位作家的书,我本来可以去找她说说话。但又想,如果有更厉害的人出现怎么办?结果我还是待在沙发上。

所有这些都证实,大多数人浪费了互联网作为文本的潜能。我们被社交媒体吞噬的时候,是不是可以换个思路,就单独作家的作品——他们的故事、诗歌、散文、论文和观点类的文章——进行更充分的交流呢?我们是否在暗中摸索,希望互联网能提供一些有价值的东西,然而又错过了识别美好之物和见识一位高超的作家如何呈现美好的双重乐趣。

如果我在推特上关注乔伊丝·卡萝尔·奥茨,我的动态中就会偶有这位作家的书籍推荐、一些犀利的政治评论,可能偶尔还会有猫咪朗读维多利亚时期爱情诗的搞笑视频。或许我也可以访问这位作家的网页，找到短篇小说、访谈、精巧的散文、学术研究和小说选段。那我应该在推特上关注她吗？如果我花更多时间在她的网站而不是动态上，是否更有利于我的写作？答案是肯定的，而且这还没有考虑到我们使用手机，随手就可以获取海量的杂志、文集、期刊和文学网站的丰富资源。

实际上，没几个人会完全戒掉社交媒体，如果在网络上有目的地阅读，我们就不会再把互联网当成时代广场巨型屏幕上那一连串滚动的大标题，而会把它看作一个等待被填满的空书架。

迫切地写作

对网上写作的类型进行思考。希瑟·哈蒙德已经启发我们重新审视电子邮件，在所有网络写作中我们都可以保持觉知，无论是社交媒体的帖子还是购物评价、博客，甚至小说。此刻想想安妮·迪拉德，她说："像你快死去一样写作。""同时设想你写作的对象是处于弥留之际的病人。如果你清楚大限将至，会动笔写些什么？对一个垂死的人，你会说些什么？你不会因琐碎之事将其激怒。"1989年迪拉德写下这些文字。那时大多数人都无法想象互联网，无法想象我们每次登录网站都会被铺天盖地的琐碎信息淹没。但她的话具有先见之明。"如果某作家买过汉堡,或乘坐商业航班,她用不着向读者报告自己的这些经历。"在社交媒体频道和网络帖子中作家可以为读者省去什么?如果朋友和粉丝知道作家即将离世,又或作家自己了解他们将不久于人世,他们会说些什么?如果作家发现自己想说:"等等,不过是网络而已。如果我快死了,才不会把所有的时间都花在网上。"也许这本身就是答案。

另一方面,我们看到一些作者以深思熟虑、充满表现力的形式使用社交媒体,以提升自己的写作技能,丰富网络上的文学体验。想想记者杰夫·沙莱特,他是《璀璨的黑暗》一书的作者。此书源于他在照片墙①上发布的一系列照片和文字说明。那时沙莱特为记者工作的价值感到沮丧,紧接着父亲心脏病发作,他开始定期在自己佛蒙特州格林山脉之上的家和父亲所在的纽约州斯克内克塔迪之间深夜往返。沙莱特开始拍摄他在路上遇到的夜班工人,了解他们的故事。"我原本只想拍些快照,"他写道,"可是午夜时分的这些快照,我的提问,他人的回答,对我来说似乎比作为记者发表过的那些作品更重要。"对于沙莱特来说,将他的照片和收集到的故事发布到照片墙上,"像我真正写的第一个故事。好像我只是在这长夜里,在我与父亲的家之间,才开始成为一名作家。"

沙莱特提醒我们,社交媒体不只是用来发表政治言论和度

---

① Instagram,简称 Ins 或 IG,是一款运行在移动端上的社交应用。

假照片，作为作家，我们可以将网络论坛变成文学空间，以探索自己的人性，拥抱个体的脆弱，发掘新世界的故事。

到底写不写博客

除了社交媒体之外，互联网还提供了许多专门用来发挥我们创意写作能力的场所。以博客为例，博客曾像互联网中的荒野——原始、未经过滤、从未打磨、充满个性，而且往往有些沉溺于自我。而如今，博客已变成商业世界所谓"内容营销"机器中一个灵活、光滑的齿轮。从白宫到色情机构，每个组织都有博客，博客服务不断拓展作家们的创作可能。这里有美食和运动博客，科技和营销博客，还有无数关于如何写博客的博客。有些成为重要的专业信息来源，有些则只是广告和搜索引擎优化的工具。

从创作角度来看，个人博客的价值自 21 世纪初作家们开始使用以来，并没有太大变化。最基本的个人博客提供了一个分享作品的空间，读者可进行反馈，轻易地加强了写作的纪律性。"如果你每日写博客，实际就是在磨砺你的技艺。"自助出版专家史蒂文·施帕茨写道。他还喜欢写博客以获取潜在的反馈。"好意的家人可能不太会给意见，但真实生活中的读者会对你表现出的不同风格、各种笔触予以总体回应。"如果我们足够幸运拥有真实的读者，这种反馈可以是无价之宝，但博客的公开性也可能成为问题，如果只是为公开而公开。"写出佳作需要时间，"施帕茨写道，"写博客和分享很便利，但也会破坏你的创作，阻碍你写出最好的内容。"

大家的同人小说①

也许最著名的被改编为同人小说的作品是 E.L. 詹姆斯的《格雷的五十道阴影》三部曲。这部小说销售如此成功，引起极大关注，所以有些出版商常在同人小说网站上搜寻一个安娜塔希娅·史迪尔和克里斯钦·格雷。类似于 fanfiction.net 这样的网站，为成千上万不同年龄、不同背景的写作者提供创作、分享、阅读故事的平台，故事人物原型出自电影、电视、书籍、漫画、电子游戏。我最好奇的是，音乐家和乐队组合竟也作为角色出现（泰勒·斯威夫特和单向乐队显然是最受欢迎的角色）。

同人小说提供了很多写作机会。首先，找到志同道合的社区相对容易。B. 泽尔科维奇是从十几岁就开始阅读和写作同人小说的爱好者，她第一次真正引起别人的关注也是在同人小说社区。"多年来我在真空中写作，只在课堂研讨上才得到对

---

① 同人小说指利用原有小说、影视、漫画等作品中的情节设定和人物角色进行二次创作的小说。

作品的反馈，后来读到我小说的评论，好似踏出屋外感受到夏日的第一抹阳光。"通过同人小说社区，她从一个独自在书房写作的孤独的作家变成了人们都认可并愿意与其互动的内容创作者。

作者与读者的互动肯定可以提升个人自尊，但不止于此。正如朱莉·贝克在《大西洋月刊》中解释的："这些网络社区中，不同年龄、水平各异的写作者都在学习并教导他人怎样写作，如何写好。"学者凯蒂·戴维斯和塞西莉亚·阿拉贡将此过程描述为"分散式指导"，同人小说作者通过一种复杂、互惠的建议网络受益。因为同人小说的作者同时也是读者，参与者进行一系列评论，无疑会提升所有参与成员的写作能力。

虽然同人小说优势明显，但要注意几点。在泽尔科维奇创作同人小说最高产的年份，她写了超过20万字，自称"写作中的最高产量"，可这以牺牲她身为作家去追求更深层次和更个人的目标为代价。"我几乎没有写完全属于自己的任何内容。"泽尔科维奇需要解决平衡的问题。另一个问题是，同人小说作者究竟为谁而写。如评论家斯蒂芬妮·伯特所言，"从发现新的写手到潜在读者，文明史上没有比写作和阅读同人小说更清晰的路径"。那些读者群体"完全自发、不用付费"，沉迷其中，因为同人小说刻画了"大家已经认可的角色，人们已经想要阅读角色下一步的历险"。沉浸在他人的世界和角色中可能有助于提高我们的写作能力，但耗费自己的创造力去探索、延展他人的世界，或许也忽略了自己的世界。

最后，我不愿过多地规定写作者该如何利用网上的时间。雅龙·拉尼尔写道："只有衡量好自身处境才能充分利用网络。"我们如何抵御信息时代的诱惑和干扰，这一点基于个人选择；我们如何在社交媒体上参与互动，在博客或同人小说中投入多少，都取决于个人的决定。不过，在这方面仍旧值得引用强纳森·法兰岑的观点。他提醒我们，即时接触读者、获取反馈可能会偏离艺术的方向。"我并没有粗暴地反对闲聊式的互动交流。"2013年他在Salon[①]的采访中说道，"这没什么问题，很好。但当你无法摆脱虚拟社区，几乎产生物理依赖时，就会到达一个临界点。而且我始终认为，伟大的文学作品绝非由此得来。"我们作为写作者想要成功，很大程度上取决于如何善用网络。除非花时间仔细思考网络对写作生涯的影响，否则它会将你吞噬，让你无从选择。

充分利用日常，像作家一样生活有终极诀窍吗？ 如果你准备好迎接随时随地上门的经验和灵感，将其描述为"诀窍"，那么我的回答是"是的"。无论我们是否留心，生活照样前进。保持开放的心态、随身带笔，有利于记录。"写作是一种工具，让人们在各个领域与事实和观点角力。"威廉·津瑟写道，"它迫使我们反复运用语言以捕捉观点，然后将它们组织起来，清

---

① Salon.com，美国新闻评论网站，主要发表政治、文化、商业及时事方面的文章。

晰地呈现。"在每次阅读和写作中我们越是有意识，就越会全身心地投入到"语言的反复运用"之中，就越能将平凡的日常劳作化为提高写作能力的实验室。

第二章

掌握写作小组的艺术

第二章 掌握写作小组的艺术

在得克萨斯州圣安东尼奥的一次写作会议上,我坐在研讨室里听凯尼恩学院的教授伊拉·苏克龙格朗讲述他刚当上创意写作教师时糟糕的一天。"我第一次开写作工作坊。"他说,"那时我肯定满22岁了。上夜课,大部分学生都比我年长。"学生们在前半学期讨论了范文,然后人人都报名分享自己的作品。

第一个分享的学生是位妇女,苏克龙格朗形容她"健谈","经常引领班级讨论"。她之前的作业还不错,所以没理由怀疑关于她的讨论会出问题。

"她刚进入教室,我就感觉到有些不对劲,"他继续说,"以前她无忧无虑的,还会挖苦人,现在却坐着一言不发,盯着地板看。接下来讨论开始,形势急转直下,对于每一条批评性的评论,这位学生都发出叹息或夸张地翻白眼。一时间,她开始用手指在桌上乱弹,发出吵闹的响声。我知道不大对,但由她去,因为不知她还能做什么。随后一位青年男子——算班里比较尖刻的学生开口了。他的话没有超出合理批评的范围,但那是压垮骆驼的最后一根稻草。妇女从椅子上站起来,走到圈子中间,对整个班级快速地比了两个中指,跑了。"

无论是正式的大学课程还是朋友间的休闲聚会,加入写作小组都意味着我们要准备好认真对待自己的作品,也要接受失败。如苏克龙格朗的故事所强调，所有写作小组都存在必不可少的张力，因此可能会搞砸。最优秀的小组鼓励大家集体流露脆弱，对彼此的作品负责任。"你想接受怎样的批评，就怎样批评他人"，我谓之写作小组的黄金法则。在最优秀的写作小组中，我们倾听、做笔记、提问，检查自己的偏见，以帮助每位写作者实现梦想。最后我们培养出冒险的勇气、面对批评时更厚的脸皮，写出更有趣的作品，在一群互助的写作者中找到支持，共同成功。

然而，最糟糕的写作小组可能一败涂地，引发防御、竞争、嫉妒心理，甚至会出现下流姿态，极其复杂。在最糟糕的写作小组中，写作者到场只为王婆卖瓜，谋求成为屋子里最优秀的作家，拙劣地将先入为主的文学观念强加给他人。结果写作者逃避风险，把批评当作个人攻击，写作模仿他人，最终发觉自己受到众人的压制。

实际上，大多数写作小组都属于这种情况——几个不完美的个体背负自己的偏见和喜好，充满对作品的希望和恐惧，他们都依赖小组发掘真正想要表达的东西。这对于咖啡馆里围坐于桌旁的朋友们来说，要求过高了，更别说坐在教室里的一群陌生人。

事实上，写作小组的好坏取决于准备得最不充分的成员。再想想苏克龙格朗的故事。那次研讨会失败并非因为学生们过分挑剔，而是因为一个学生不知道该如何面对批评。因此，无论我们是为大学创意写作课的首次正式研讨热身，还是准备将手稿提交给一个非正式朋友的小组，每个人都需理解所在写作小组的性质，并准备尽好自己的职责。

正式的写作工作坊

为了对每一名学员负责，我们需要掌握哪些大学创意写作工作坊的历史背景？据了解，爱荷华大学历来被视为创意写作项目的发源地。创意写作从20世纪初的高等教育发展而来，当时该校对人文投入加大，提倡研习文学是为了提升思考能力、写作能力和人格修养。此外，学生同时身为作者，在课堂上静静地坐着，聆听他人对手稿的评论。此方法被称为"爱荷华模式"，即美国最常见的写作工作坊形式。

除这些常识外，要知道许多作家对写作工作坊模式心存不满。在为《纽约客》撰写的一篇社论《艺术硕士和有色人种》[1]中，朱诺·迪亚兹详细描述了众多非白人作家回忆上大学创意写作课时不愉快的体验，怨声载道。迪亚兹指出，在创意写作工作坊从始至今，以及未来，都是以白人为主导的空间，白人老师和白人学生依据白人文化背景讨论白人作者的作品。因此

---

[1] 原文为"MFA vs POC"。MFA 指 Master of Fine Arts，意为艺术硕士学位；POC 指 People of Color，即有色人种。朱诺·迪亚兹想要说明，美国艺术硕士的课堂常常排斥非白人学生。

非白人作家在工作坊环境中常常感到被排斥、被符号或边缘化。迪亚兹写道："一句话，工作坊中我属于有色人种，我最基本的经验与他们对现实的理论格格不入，也就是说，他们的理论不包括我。"

其他在传统意义上同属边缘群体的成员也表达出类似的忧虑。自由撰稿人珍·克里根描述男同学往往如何反馈她"愤怒"的作品："作为女性，我被允许……书写对我施加的不公正待遇，但前提是那些经验要以被动的方式来写……如果我直接指责伤害我的男性，似乎就越过了底线。"跨性别自由记者阿娜·瓦伦斯描述，她必须学会书写性少数群体的角色。"作为英语专业的学生，我在创意写作课上习得技艺，但没有学会该怎样写性少数群体。"孟菲斯大学的艺术硕士艾丽莎·拉特克罹患脑瘫，她描述感受到工作坊同学对她施加压力，叫她当残疾人的代言人。"人们常问我如何进行性行为，而不是久坐时该如何避免血栓，尽管两者同属隐私。他们问得理直气壮。"

除这些声音之外，还有一批学者、教师和艺术家对大学工作坊的教学法和审美观念提出质疑。罗莎丽·莫拉莱斯·卡恩斯警告说："爱荷华模式让作者沉默，工作坊可能成为'霸凌课堂'。在那里，任何偏离美学规范的尝试都被自动打上错误的标记，而非有意的艺术选择。所有担忧也许都可以用德高望重的诗人唐纳德·霍尔的话来概括，他将大学创意写作工作坊比作速食店，'老朋友麦当诗[①]'在蒸汽架上等我们，然后包裹好，没有个体差别，毫无特色，质量把控完全由最小公分母说了算。"

面对众多怀疑，我们或许会纳闷，为什么写作工作坊模式仍旧蓬勃发展？尽管存在种种不足，写作工作坊对许多人来说仍是宝贵的资源，尤其在写作职业生涯初期。写作者通过完成阅读作业和共同讨论，接触到范本。写作贴士激发创造力，教写作者像经验丰富的作家一样思考和写作。最重要的是，同侪评阅使得写作者与读者互动，风险相对较低。鉴于写作工作坊的普及性和潜在价值，有必要想办法将其充分利用。

课程设置

典型的创意写作课程分为四个方面：阅读作业、写作练习、导师会议和作品互评。四个方面都很重要，但最终有何收获取决于我们的准备和参与意愿。

阅读作业。这些作业可能单一乏味（作者通常为一些已故的作者），也可能体裁多样，让人愉悦。它们可以代表经典作品老派的标准（通常也是一堆已故的作者），也可以兼收并蓄，涵盖社会文化领域各式各样的声音。无论阅读清单长什么样，读完它。然而，任何一位教创意写作课的老师都不会忘记，他坐在

[①] 原文"McPoem"，唐纳德·霍尔认为"快餐诗"就像麦当劳店中卖的速食一样。

教室里面对一屋子没能完成阅读作业的学生时所感受到的痛苦。

莎拉·杰弗里斯博士认为在创作中一定要阅读。"作家需要阅读他人的经历,而非自身的经历。"杰弗里斯说,"如果一个来自新英格兰的诗人只读过罗伯特·弗罗斯特[1]的作品,他的参照范围有点狭窄了。"不过,单纯阅读还不够,阅读的方式也很重要。我喜爱罗伯特·平斯基的建议:"像厨师吃饭一样读书。"还有一些不错的隐喻:像机械师聆听发动机一样读书,像医生检查心脏跳动一样读书,像攀岩者勘察悬崖表面一样读书。留意文字的魔力、句间节奏、结构搭建。留意开头的构思、主题的一致、结尾的呼应。在写作工作坊阅读,是为了学习辨识出文本的伏笔,看它如何达到预期效果。总之,我们应该问自己,一位作者如何仅凭措辞、语法、节奏、隐喻、意象、典故和想象力,就能跨越时间、空间和人类同理心的巨大鸿沟与读者交流。

写作练习。非正式写作是创意写作课堂的主打活动。导师可能要求我们每天写日记,或在每堂课开始时根据提示回答问题。有一些导师会放音乐,还有一些会将灯光调暗。我还认识一位老师,以敲冥想锣来提示写作开始。如温迪·毕夏普所说,为了让学生每天离开教室时都能有"发现或惊喜,引导他

---

[1] 罗伯特·弗罗斯特,美国白人男性诗人,以对乡村生活的写实描述闻名,曾四获普利策奖。

们进行课堂外的写作"。

写作提示起码有助于摈弃成色欠佳的作品。小说家安·帕契特写道:"绝大多数人老是写糟糕的故事、无聊的故事、自我沉溺的故事、让人无法忍受的夸张情景剧。""必须将它们从自身系统中清除出去,去挖掘可能潜藏于地底淡水层的出色题材。"不妨再想想看,写作提示如何帮我们为课程中更重要的作业开拓思路。

导师会议。导师可能要求一对一辅导,我们也可以主动联系他们。写作者有必要在正式评分系统之外获得反馈。创意写作教师是经验丰富的编辑和读者,写作者想法的极佳咨询者。在我自己的工作坊中,定期与我分享进展的学生写出的作品最精彩。

写作者与导师会面前,可以将手稿以电子邮件的形式发送给他们,并准备一些具体问题。"您能推荐一些课外阅读来帮助我处理不可靠叙述者[①]的问题吗?"比"您最喜爱哪些作者"问得更合适。邮件以"我不知道如何写这首十四行诗的结尾"开头比"我的诗哪里不对"更妥当。如果导师提供了建议,应认真考虑。即使最终不采用某个建议,听取经验丰富的作家的意见总归有好处,这能让我们将自己的项目看得更清楚。

作品互评。导师通常会让学生们互相分享作品。大家有机

---

① 原文"unreliable narrator",文学术语,即在小说、电影、戏剧等作品中,可信度受到质疑的叙述者。1961年韦恩·C.布斯首次在《小说修辞学》中提出。

会合上笔记本去聆听，然后记录下启发灵感的语言。轮到自己朗读时，别不好意思，直接读出自己写下的内容，只是一两句也没关系。在这样的环境中，大家互帮互助，在下次分享精心打磨的手稿时会看到收获。

提交作品给创意写作工作坊

在班级的写作工作坊分享手稿也许是整个创意写作课程中最有价值的部分。我之前提到过，写作工作坊的质量取决于个体成员的投入程度。提交作品的学生请记住以下建议：

准备。提交一部进行中的作品，但不要是全新的初稿。小说家吉姆·尼尔森写道："初稿太不成熟，太散乱，群体环境无法给出有意义的评价。"另一方面，"晚期的稿子通常已经定下来了。"初稿之后的某个时间点最好，因为我们已经用尽了心力，却不知道接下来该怎么办。理想情况下，应该把文稿放一两天，然后回过头至少检查一次，再与他人分享。此外还要认真核对格式。别用塑料的文件封面和彩色文字，斟酌题目、字体、留白和章节标题。设置页码和双倍行间距以便阅读。当我们给予自己手稿应有的尊重时，同学们可能也会这么做。

寻求特定帮助。我们应对手稿的修改目标有点想法，知道潜在的阻碍。即使不清楚，至少也应对读者准备一些问题。"当我主持写作工作坊时，"东华盛顿大学的教授雷切尔·托尔写道，"不允许学生在别人的写作中说'我想要'（包括我自己）。不是你想要什么，而是作者想要什么，你如何提供帮助。"如果我们事先说明了自己的目标和问题，读者会更容易为作者提供帮助。

欢迎批评。如果把批评看作写作过程的一部分（而不是非过即挂的考试），对写作者更有益。读者提供了帮助，我们理应感激，耐心对待收到的批评。要感激读者投入的时间和心思，即使他们的意见可能不完美，或无意中疏忽我们表达的意图。一些读者也许有更丰富的写作经验，更懂我们的目标，还有一些也许对我们笔下的文化有更多了解，但也有一些读者知之甚少。不管怎样，各种各样的批评都给了我们反思自己文字的机会，让我们用客观的眼光处理作品，对此应心存感激。

毕业作品

大多数工作坊会以提交某种毕业作品集作为结束——一个修订过的作品集合，旨在展示学期课程中获得的成长。优秀的学生尝试对作品集进行大幅度修订。他们不会只看导师和班里同学的评论，遵循主流的观点。相反，他们会仔细阅读反馈，做出属于自己的修订计划。大多数导师宁愿学生大刀阔斧地改，哪怕改砸，也不愿意他们只进行一些微小调整，然后寄望于得到一个尚可的成绩。

最后，如果导师花时间为作品集留下反馈，不要把它丢在你的电邮收件箱或导师文件柜里不予理会。将作品集视为写作中的另一个步骤。收集反馈，让它静置几天或几个星期，然后回头看看有何收获。

全部结束之后何去何从

一学期结束后该怎么办，取决于创意写作工作坊课程内容的消化程度。我们是否学会敏感地阅读文本，懂得它如何制造效果？是否学会从伟大的文学作品中获取灵感？是否养成了每日写作的习惯？在给予和接受反馈方面是否有所进步？是否将自己视为心怀目标，并清楚该如何实现的作家？如果答案是肯定的，哪怕只针对其中的一两个问题，这期创意写作工作坊就完成了它的任务。

当然了，大学的创意写作工作坊时间短，在日常生活的喧闹和干扰中，保持良好的习惯可能有难度。这就是为什么非正式的写作小组很重要了，它能帮助我们维持写作生涯。

非正式的写作小组

与几位朋友聚在一起分享作品，有许多与正式写作工作坊相同的好处，但维持需要更多计划和承诺（毕竟没人支付学费）。如果我们正考虑组织这样一个小组，有几件事会提高成功的概率。

找到合适的搭档

如果已经参加了一个正式的写作工作坊，学期结束时说服几位同学接着组建一个写作小组也许不难，但并不一定要先加入正式的团体才能建立非正式的。首先，寻觅身边的人。他们可能来自你的工作单位、读书俱乐部、教堂或周末的角色扮演游戏集会[①]。有人同样在写一部小说或者一批从未与人分享过的诗歌。写作者无处不在，只需一个充满动力的人将他们聚到房间，制定一些基本规则，然后开始写。

互联网上也有大量的文学社区。试试谷歌搜索"脸书[②]写作小组"，看看会有什么跳出来。当然，并不是所有的网络社区都适合你，所以要调查研究。在各个网站潜水一段时间，寻觅兴趣相似的写作者，找到作品的分享规定。寻求帮助之前，先读一读他人的作品。

还要记住，挑剔未尝不可。不要因为大学室友或家中嫂子

[①] 原文为"LARPING"，即 Live Action Role Playing，实境角色扮演游戏，在北美、欧洲和澳大利亚流行。参与者扮演虚构人物，可以是几小时的小型私人活动，也可以是许多人参加、耗时数天的大型开放式活动。

[②] Facebook，美国的一个社交网络服务网站。

想加入我们的写作小组就随便答应。雷切尔·托尔描述，让他人看我们未完成的作品，"在心理上相当于整理我们的脏衣服"，即希望让信任的人来做。写作搭档应有严肃的写作目标，无论是个人的还是职业的。我们应钦佩他人的作品，否则如何相信他人给的建议？当然，来自好朋友的建议也不错，但诚实的反馈应优先于友好的反馈。

选择合适的人数

查尔斯顿学院的政治学教授克莱尔·P.柯蒂斯多年来一直参加写作小组，对她来讲，3是个神奇的数字。"3人足够提供有益的评估，不会有太多大相径庭的意见。3让你保持专注，并且小组中的3人就像凳子的3条腿，能够支撑起来，持续前行。"也许要记住的原则很简单——"保持小规模"。如果规模过大，成员可能更容易退出，而让其他人承担评价工作的负担。

设定计划

每周一次？每月一次？每季度一次？底线是定期开会，确保会议时间神圣不可改变。克莱尔·P.柯蒂斯说："如果轮到你分享写作，必须写出点什么让大家传阅。不能打退堂鼓。"

小说家许素细也表示："现实中唯一的规则是礼貌。"另外考虑指定一个带头人。"应有一个核心组织者帮忙安排日程表，发送提醒，保证小组的工作进度。"在一些小组中，每次会议上每个人都分享自己的作品。在其他的小组，成员轮流提交作品。还有一些小组，会提前共享手稿，或每次会议的前几分钟留给阅读。

给出承诺

正式的写作工作坊之所以成功，是因为每个人都有一定的参与度，成员支付学费或以其他方式参与课程。而非正式的小组只有在个体成员的承诺下才能发挥强大作用。因此要明确小组目标，将日历上设置的时间段固定下来。

批评的伦理

我们投入到写作小组或正式的写作工作坊，意味着双重承诺——愿意同时展露脆弱与同理心。我们愿意接受提问、意见与批评。还希望对文本精读，检查自己的审美和文化预设，以帮助每位作者实现自己的艺术愿景。

这样的双重承诺应该培育出一种对彼此负责和谦卑的意识，尤其考虑到审美和文化预设往往根深蒂固。但无论我们的背景如何或带有什么偏见，只需一点点深入的考虑和意愿，就可以共同创建出包容、尊重和支持的空间。

提供具有同理心的评论

在任何写作小组，应该牢记不是作者为我们而写，而是我们为他们而读。舞蹈编导、艺术教育先驱莉斯·勒曼说："你帮他们创造出最卓越的作品。精益求精，不可含糊。"而这只有在宽容、富有同理心的评论环境中才能实现。别空洞地赞美或虚情假意地讨好，要无私、真挚地反馈和观察，以帮助作者实现愿望。学会这样评论需要时间，还得先记住一些基本原则。

首先，避免将自己的世界观强加于他人的手稿。这意味着需要学习在阅读中觉察、审视偏见。我们也许会发现自己过度依赖经验。

> 这从没在我身上发生，所以一定不现实。
> 等等，有些内容是用外语写的吗？
> 这不像警察的说话方式。

或优先考虑我们自己的审美：

叙事不该断开,

诗不该押韵,

这散文太学究气。

或优先考虑我们自己的道德或社会价值观:

太政治化了!

宗教色彩太浓!

过分浮夸!

通常这些观点来源于不适感。读到撼动个人价值观和信念的内容,叫我们重新思考自己在社会问题中的责任。又或内容违背了审美标准,便倾向于把引发不适的地方视为缺点。但罗莎丽·莫拉莱斯·卡恩斯建议留出余地,这些举动可能是作者在试图"打破读者的期望,或实验一些新事物"。努尔·纳迦和罗伯特·麦克基尔提议说,一个包容的写作小组不该把不适和困惑归咎于作者的失败,应该考虑"困惑产生的作用,从而帮助写作者衡量是否达到了他们预期的效果"。

莉斯·勒曼建议:"找到不适感的根源,然后将其转化为一个中立的问题。"提出中立问题可避免让读者过分施压,保证"艺术家尽可能解决障碍"。

所以,与其说"我不觉得警察会那样讲话",不如问"你希望警察的对话如何影响读者";与其说"这篇散文学究气太重",不如问"将该研究加进来你希望达到怎样的效果";与其说"这首诗宗教色彩太浓",不如问"如果不信教的读者看到这首诗你觉得会如何"。这样的问题可部分减轻我们对作者或手稿施加不必要的压力。

第二个原则是,赞美往往与批评一样好,至少不比批评差。古彻学院的教授麦迪逊·斯马特·贝尔描述,写作团体经常"无法认识到成功"。它们往往变为"寻找缺陷的机制",旨在"诊断、开处方"。除了给予批评,我们可以帮助作者认识到他们的优点。某行诗是否特别引人联想?告诉作者原因。某个角色是否充满魅力或惹人厌恶?帮助作者弄清楚他们的语言是如何引起这种反应的。真诚的赞美能够鼓励作者,使其更容易接受后续的问题和批评。

如果各种反馈能与文本中的具体内容相结合就更有益了。我们的第三个原则:详细地评论。仅仅评论"我不确定这个角色塑造是否成功",或者"这角色太让人共鸣了"还不够,必须深入到这些话语的表象之下。例如,当我们说一个角色塑造不成功,可能意味着难以相信角色的动机;说一个角色引人共鸣,可能意味着角色描述和对话的结合在我们脑海中形成了清晰的形象。但是如果评论不具体、不详细,就会让作者搞不明白自己到底哪里写得好。(图2)

第二章 掌握写作小组的艺术

反馈的艺术

"不对他人妄加评论是一种理想境界。"[①]

——F. 斯科特·菲茨杰拉德

别：

"我不确定这个角色塑造是否成功。"

"我很困惑。"

"我爱死这一行了！"

"你的结尾还可以再斟酌。"

"很有共鸣。"

"这里怎么回事？"

试试：

"为塑造出一个令人共情的角色，我们也许需要了解她更多的动机。"

"不清楚为什么这个角色会生气，你一定要这样描写吗？"

"切分音节奏在这儿相当出彩。"

"通过这种方式结束，你希望向读者传达什么？"

"此场景勾勒出清晰画面，描绘了20世纪80年代美国中西部的童年。"

"安排这些片段的逻辑是什么？"

图2 反馈的艺术，F. 斯科特·菲茨杰拉德，《了不起的盖茨比》，古登堡计划，2022年3月1日。

---

① 此句参考了2012年《了不起的盖茨比》邓若虚译本。

别让写作者成为"本土代言人"

尽管我们的写作受到社会、文化、宗教、种族等因素的影响,但努尔和麦克基尔警告,包容的写作小组不可"明示或暗示"写作者为他们的种族或文化代言。例如不应期望亚裔美国作家只写亚裔美国生活,或代表所有亚裔美国人。同样,也不应期望身体患残疾的作家只写残疾生活,或为所有残障人士代言。

然而一些作家可能有意扮演本土代言人的角色,如果是这样,应帮助他们准备承受随之而来的考验。正如努尔和麦克基尔所解释,一个包容的工作坊会帮助写作者"审视自己宣称的文化权威是否有根据,想象他们的作品会面临哪些挑战"。

尊重文化差异

身为文学艺术家,我们写自己需要写的东西,但不要剥削、刻板看待或他者化[①]别人的文化。美国反审查联盟的项目

---

① "他者化"原文为"othering"。"他者"是西方殖民理论中的重要术语,比如西方人有时称自己为自我,殖民地的人为他者。人类学中也有自我和他者的区别,但近年来不再主张明确的两分法,也不主张"自己的文化"和"别人的文化"的区别,因为两者有重叠之处,并非二元对立。但本书作者似乎持两分法态度,后面会提到写作者在写"别人的文化"时,视自己为他者。

主任斯维特拉娜·敏切瓦认为："要把文化视为复杂的系统。不能仅仅把观点与实践从他们的历史文化背景中抽离出来，当成异域风情礼品店。"但同时也对彻底审查持谨慎态度："如果绝对禁止跨文化借鉴，问题就大了。"

敏切瓦在此提到文化挪用和文化交流的区别。作家贾鲁内·乌乌贾伦定义文化挪用为"一种持续了几百年的古老模式，即拿取、盗窃、剥削、误解那些对边缘文化人群意义重大的历史和符号"。而 Jezebel[①] 创始人安娜·霍姆斯则将文化交流称作"某种慷慨的心态，开放讨论，互惠彼此"。

虽然明显的文化剥削行为很容易识别，但在文学作品中，这种挪用可能更加微妙。安娜·霍姆斯（Anna Holmes）写道："文化挪用概念的基础是，觉察到某件东西或某人只是被利用：一种服装风格、一种个人叙事、一整块大陆[②]。挪用行为不总能被证明，但你看到时，通常知道那就是挪用。"为此我整理了几位作家和评论家的建议，以帮助我们在他人和自己的作品中领悟文化挪用的问题。

像客人一般举止（而非游客或侵略者）。该观点来自自由撰稿人尼丝·肖尔，她又引用了戴安萨·达伊·斯普劳斯的话："大家等着游客来。尽管他们常常很讨厌，但他们至少会

---

① Jezebel，美国网站，主要发布与女性主义相关的文化评论。
② 此处作者也许指，欧洲大陆的文学作品借鉴（挪用）非洲大陆的文化，诸如此类。

给钱。"肖尔写道:"而侵略者没有预警地出现,掠走看中的任何东西,想用在哪儿就用在哪儿……还是当客人比较好。"肖尔说:"客人是被邀请来的。他们与主人的关系可以长期发展,并且往往互惠互利。"

别像点自助餐那样。多媒体记者伊科斯提·昆坦尼拉说到"作者的罪恶"。像点自助餐一般获取素材的作者会找到文化中"有趣"的方面,例如文身或宗教仪式,但置整个社群的文化背景于不顾。这会导致对社群的表达不深刻、不准确,而且不够敏感。

做正确的研究。"你阅读书籍、文章,要留意作者。"小说家吴志丽(Jeannette Ng)建议,"并不是说只有来自社群内部的描绘才准确,充满洞见。但如果唯一的信息源只是外部人士的作品,那么将很容易受到他们无意识偏见的影响。多年来,因为回音室效应,人们互相引用文献会有误解。"

仔细检查动机。小说家基特·德·瓦尔主张"必须问自己,在以'他者'的身份发言时,我们是谁,想传达什么"。她提出一系列问题:"在写作中我们的目标是什么,为何需要这种视角?我们是不是表达的最佳人选?……我们是否因为自己没有猎奇、沉迷于他者叙述,而无法全方位地刻画出充满细节、多姿多彩、真实可感的文化?我们写下自己的故事,是否取代了讲故事的最佳人选?"

寻求帮助。青少年题材小说家朱莉·贝瑞,花钱雇敏感内容审稿员①来帮她避免文化挪用。贝瑞写道:"承认自己知之为知之,不知为不知,不代表自己没有能力或懦弱。""我们都知道,在性别、种族、宗教等议题上,看到自己被写歪了有多么可怕。身为艺术家,我希望尽量不要给别人带来这种体验。"不过不要指望敏感读者能捕捉到所有的文化挪用问题。我们必须自己先尽力,然后再寻求帮助。

"文化挪用的本质与权力有关,"巴洛贡·奥杰塔德写道,"命名的权力,定义的权力。"当描绘他人的文化时,行使这种权力可能会使我们害怕,希望完全不要挪用。如果谨慎行事,像客人般进入他人的文化,做正确的研究,审视动机,并在适当的阶段寻求帮助,就可以谦虚、自信地创造出佳作。敏切瓦提醒我们:"伦理义务是……负责而带有同理心地去想象,而不是彻底放弃想象。"

我们要想组建一个包容的写作小组,也许有时会犯错,但不应因此停止努力。梅丽莎·菲伯斯提醒道,在创意写作工作坊"最适合犯错,在这儿滑一跤总比在推特或已发表的作品上出问题好,因为作品发表后出问题,你就收不回来了,也没法改"。出现错误时,最好以平和的方式立即指出。"当有人稀里糊涂,表现出偏见或无知,"菲伯斯说,"我只是告诉他们:

---

① "敏感内容审稿员"原文为"sensitivity reader",指专门阅读文学作品以检查文中是否有涉及冒犯或偏见内容的审稿员。

'嘿，有个问题，一起来解决吧。'"这种直接的方式只有在写作工作坊的每个人都愿意共情他人、展露脆弱时才能奏效。通过共情，我们善意地建议其他写作者进行改动，使其从我们的建议中获益。而展露作品的不足之处让我们更容易接受批评，感谢他人帮我们改进。上述做法是有难度的，但一旦做到了，我们组建的不仅仅是一个有益的写作小组，还是一个互帮互助的社群。

第三章 成为一个优秀的文学公民

第三章 成为一个优秀的文学公民

多年前有一场大型的写作会议图书展,我在文学杂志摊位上工作,度过了一个疲乏的下午。那是会议的最后一天,我发传单、招呼陌生人,忙碌了好几个小时后,我迫不及待等着交班。但突然有个女人走过来,怀里抱满了书,正忙着跟一旁的朋友交谈。她的铭牌上写着"帕特里夏·史密斯",我又仔细看了一眼。"帕特里夏·史密斯?"我说,"难道你是帕特里夏·史密斯?!"我刚刚读过她的《血色光炫》①,那本令人心碎的诗集,讲述受卡特里娜飓风灾害影响的人们的遭遇。此时此刻,她就站在我面前。我想要跳起来拥抱她,抓住过道对面的随便什么人问:"你知道她是谁吗?"

最终我没跳起来,但还是有点傻。我激动地表白,可能泪水都要涌出来了。我告诉史密斯我有多爱这本书,我正在把这本书的内容教给学生,我很感激她写下了《血色光炫》。我确定周围人看我的眼光就像看公园里对鸽子说话的人。可我不在乎。我想要史密斯知道,她的书深深地打动了我。

史密斯的态度十分友善。她感谢我,并承诺给我们的杂志寄一些诗歌,然后转身离开。虽然她可能不记得这次交流,但

---

① 原书名 *Blood Dazzler*,暂未有中译本。

我会记得，不只因为那一刻的狂热崇拜。创意写作是一个庞杂的社区，吸收进自由思想家、社会活动家、教师、艺术家和作家，他们普遍厌恶别有用心的职业网络。而创作社区不一样，它依靠一种互相鼓舞的能量。我们读到一些东西被打动，想让其他人知道。我们像邻居分享食谱一样分享书籍，给偶像写邮件，写同人小说。我们发布书评，写批评文章，参加读书会，订阅文学杂志。我们创作自己的作品，与所读的内容进行对话。

优秀的文学公民要分享和捍卫文学艺术，并非因为这样做有利于我们的职业发展，而是所有充满意义的艺术总得有人支持。或许最重要的是，要记住每一部文学作品背后都有一个真实的人，当我们与文学互动，是真的在与那个人互动。实际上文学公民能够超越自己的类型舒适区，去拥抱更广阔的创意宇宙。不妨参加本地的文学活动（甚至自愿服务），或许还可以自己发起一场活动。试试参与公众对话，分享富有见地的读后感。优秀的文学公民一开始对文学艺术满怀热情，后来学会用创造性的方式来赞美和推广它，无论最初在何处发现了这种艺术。

阅读超越流派与文化的界限

斯蒂芬·金写道："你要广泛阅读，从中不断完善（并重新定义）自己的作品。"如果我们想写有关基因突变吸血鬼的太空歌剧[①],最好多读点同类型的作品。但阅读不仅仅是为了寻找模仿的原型或熟悉"伟大的作品"。如果希望自己的文字能够超越自身经验和社会文化背景的局限,阅读也应超越这些局限。

不要简单地因为政治正确才有意识地广泛阅读。罗克珊·盖伊写道:"敞开自己,去接触不同的观点。"爱我所爱这没错,但有时读一些超越舒适区的作品也没什么坏处。阅读超越舒适区的作品时,我们允许文本撼动自己在文学上先入为主的成见,肯定不同文化和经验的价值。比方说,如果想写十四行诗,最好读读莎士比亚的作品,或许也应该读格温多林·布鲁克斯的《酒吧里的同性恋》、玛丽莲·哈克的《爱情、死亡与季节的变幻》以及德里克·沃尔科特的《来自岛屿的故事》。

并且为什么不多读些其他体裁的文学作品呢?读科尔森·怀特黑德的小说或莱斯利·贾米森的散文,肯定有助于我们成为更老练、睿智和更有同理心的诗人。而读杰里科·布朗的诗歌或田纳西·威廉斯的戏剧将有助于创作出更全面反映人类经历的、富有层次的小说。如果我是即兴说唱诗人,读些蒙田或梅勒的作品是否有益?如是传记作家,读点松尾芭蕉或毕晓普如何?如果只是想讲述太空中基因突变吸血鬼的故事,那么读裘帕·拉希莉、科马克·麦卡锡或克劳迪娅·兰金的作品会带来什么启发?

[①] "太空歌剧"原文为"space opera",一般指将故事背景设定在外太空的科幻作品。

如果阅读超越了自己偏爱的文体和自身社会文化经验的局限，那么实际就是在扩展文学网络。我们允许陌生的事物对自己施加影响，迎接意外之喜。信任文字回馈的力量——全身心投入到一篇作品中，作品也会以同样的方式报答你。我们相信，成为一个好的文学公民的第一步是认识文学上的伙伴。

参与本地活动

尽管阅读非常重要，但如果不去认识身边的一些文学伙伴，就体会不到文学网络的全部价值。不管是在大城市还是小城镇，我们会发现写作者聚集在大学、社区写作小组，图书馆，艺术机构，甚至咖啡馆和书店周围。这些写作者和我们一样，虽然习惯了孤独写作的现实生活，但也渴望从志同道合的群体中获得友谊。每个优秀写作团体的社会契约就是支持他人，获得帮助。

一切从积极参与开始。我听诗人约翰·波奇讲述20世纪90年代早期，他在亚特兰大四处驱车参加诗歌朗读会。那时他是一个"对诗歌如饥似渴"的学生。"我想要拥有这些诗人所拥有的东西（写诗的人生），我想要见到他们，听他们的故事、经历，甚至嗓音和韵律。"在那个没有互联网检索的年代，波奇通过报纸搜寻活动，甚至打电话给当地大学的英语系。如今，当他的学生仅因瑜伽、室内单车课或追新的网剧而没法参

第三章 成为一个优秀的文学公民

加朗读活动时,波奇只能摇摇头。诗人应当爱诗歌,他说,看到写作者错过这么多免费、便利的机会,他真的十分沮丧。

大学通常会定期举办文学活动,即使附近没有创意写作项目,也可以通过谷歌搜索找到许多社区活动。可以查看图书馆、艺术中心、书店和咖啡店的活动日历。关注它们的社交媒体,不必再读报纸或打电话了。然后标记日历,找个朋友一起去,缓解对文学的饥渴。

有必要再讨论一下饥渴的概念。学年中的大部分周五,我所在的英语系都会举办一系列阅读活动,虽然名义上通常有150名学生参加,但实际出席的人数要少得多。他们的屁股确实坐在椅子上,但一半的人在看手机或笔记本电脑,玩游戏、读邮件或浏览社交媒体。我见过一位入选国家图书奖的作家读自己最新的小说时,学生们却在看 YouTube 视频,甚至网购。本不必多言,优秀的文学公民应当对文学充满饥渴——将手机静音,电脑关机,全神贯注地倾听读者或演说者的讲述。

还要提前做一点功课:读一些作者的作品,为问答环节准备问题,带上现金买一本书,排队等待签名。还要有好奇心,不仅对主讲嘉宾,也对邻座或站在身后排队的人。怀着这种好奇心参加当地的文学活动时,我们会发现更多值得欣赏的作家,结识新朋友和潜在的合作伙伴,孕育自己作品的灵感。

一旦我们参加了当地文学界的活动,下一步自然要融入其中。我们可以预定好时间,与朋友分享作品、加入写作小组,或报名参加开放麦之夜。如果我们在大学项目或其他正式的写作社区中，很可能会被要求参加朗诵。这是件好事。我们知道要在公开场合朗诵，最能有效集中精力进行修改。（图3）

萨拉·杰费里斯博士将对公众朗读视为她写作的一部分。她说："我可能会写一首诗，记住其中八成内容，然后带着它到公众场合朗读，突然发现有一行字放错了，我会当场改动它。"她还欣赏现场观众的即时反馈。她说："有时候我对自己大声读一些写下的内容，不怎么喜欢。但在公众场合朗读时，会有人说'哦，这真的很有意思'。"观众的反应提醒杰费里斯，她的作品面向公众，而她自己对作品的观点只不过是个人意见而已。

除朗读会之外，还有很多其他参与方式。大多数文学社区都依靠志愿者的义务劳动，无论是在社交媒体上帮忙推广活动，还是早早赶到现场布置座椅。如果条件允许、有资源，甚至可以自己主持或组织一场活动。而且对社区做出奉献的人往往得到的会比被帮助的人更多。

当梅丽莎·菲伯斯还是纽约市的一名研究生时，她和友人们想要认识一些喜爱的本地作家，但不希望只是写信致敬。他们觉得在接触这些作家时应当"有所贡献"，所以想到举办一系列朗读活动。"我们从自己的老师开始，然后邀请欣赏的作家"。这个读书系列对其中的每个人都有益处：作家获得曝光机会，观众听到精彩的文学作品，菲伯斯和她的朋友们得以结交心目中的文学偶像。"许多参与朗读的作家后来为我的书做

第三章 成为一个优秀的文学公民

对公众朗读
清单 ☑

之前

- 练习！（绝不能让观众像是在欣赏一本烂有声书的现场版）
- 吃一包零食
- 合适着装
- 带水瓶以及帮助口气清新的薄荷糖
- 打印你的文稿（在智能手机上读，有点不够意思了）
- 提前到
- 去洗手间方便一下

途中

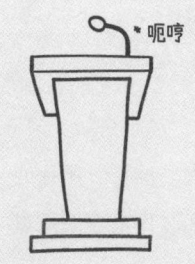

- 感谢每个人——主持、观众、组织、你的优步司机
- 知道谁在观众席中（不是每个人都准备好听你朗读生猛的性描写）
- 以你最喜爱的作家开启一段话来破冰
- 歇口气，放慢，抬起头来
- 三要素（简短、真诚、坐下来读）

之后

- 再次感谢每个人
- 答问，但留意时间（绝不超时）
- 不要在没新认识任何人的情况下就离开（主持，其他的朗读者，观众）
- 去庆祝！（面对公众朗读不轻松，但值得）

图 3 对公众朗读

推荐。"菲伯斯解释道,"我向他们寻求建议。"

支持本地社区要把对文学的热爱化为行动,如果方式正确,我们不仅会学到宝贵的技能,建立重要联系,还有机会获得各种新的机会。最后有个益处稍显抽象,但值得一提:多年来,一直活跃在华盛顿特区文学界的小说家蒂姆·德纳维就很欣赏社区活动所提供的视角。与其他写作者并肩作战,让德纳维体会到"我们成功不必一蹴而就,应享受过程中的任何时刻"。无论身边的写作者是年老还是年幼,是新手还是经验丰富,都应鼓舞激励他们。"我们因而明白自己从哪里来,身处何地,将去往何方。"记住,无论在艺术创作还是在生活中,一切都需要时间。

找到线上社区

社交平台为写作社区提供平台,影响巨大。推特、照片墙和脸书不仅让尼尔·盖曼、查蒂·史密斯等知名作家在全世界被人知晓,还让我们接触到成千上万辛勤写作但曝光甚少的作家。如今合作,分享观点,推广自己的作品都变得如此简单。正因为互联网拉近了写作社区的距离、上手容易,我们处理线上职业关系时才更应该注意乐善好施、将心比心。分享的意见应经过深思熟虑,全面且审慎,还要保持非常谦卑的姿态,忍住自我推销的冲动。

以下是三位模范文学公民的例子——他们用社交媒体分

享有价值的信息，支持欣赏的艺术家，为他人创造机会，激励身边的朋友，且没有厚着脸皮自我推销。

推特：@vickjulie

让我们从幽默作家朱莉·维克开始，她住在科罗拉多州丹佛市，推特上坐拥8000多粉丝。随机抽出一个月对她的推文进行分析，比如2020年9月，她转发了6条征稿帖，发布了7条帖子祝贺其他作家出版作品，还有7条交流写作心得的帖子。此外，她还谈到育儿、远程工作和疫情时期的生活观察（那是2020年），只有一次关于个人的过度分享（尽管很好笑），讲她去皮肤科医生那里检查，她以为自己身上长了一颗痣，实际上那是一种叫"长在人身上的藤壶"的东西。值得注意的是，所有这些推文中，只有一次她直接发布了与自己作品有关的内容，其余推文都聚焦于他人。

维克表示："对我来说，推特是与文学界的其他人建立联系的好方法。有时这种关系会发展，比如在会议上与真人碰面，找到给予反馈和共同写作的伙伴，以及其他可能。"推特缓解了维克作为作家孤独的感受，当她准备出版自己的第一本书时，线上社区对她的各种问题做出了回答。"社交媒体可能也有缺点，"她承认，"但对我而言，重要的好处是找到了支持性的写作社区，帮忙解开出版过程中的许多疑惑。"

脸书与博客：丁提·W.莫尔

2010年，《简洁杂志》[①]创始人丁提·W.莫尔创建了一个脸书账号，但还没想好要拿它做什么。"我发了笑话、机场行程和对政治、流行文化的思考，"他回忆道，"但关于写作生活的几句引语受到关注最多。"最终他决定每天分享一些引语。10多年间他发了超过2800条帖子，每条都会得到几十甚至上百个在线朋友的回应，十分受欢迎，于是引起一位编辑的注意。他在脸书上私信莫尔，问是否愿意将引语集结起来，编成一本小而美的写作指南出版，名为《专注的写作者》。

"我大部分的写作时光都在一个小小的大学城度过，那儿的文学作家为数不多。"莫尔说，"社交媒体极大扩展了我的联系网络，我产生了强烈的归属感。"多年追踪莫尔，我看到他显然不仅仅在为自己寻找社区，也为他人创造社区。除了脸书上的工作，莫尔主编的文学杂志《简洁杂志》和相关博客已成为创意写作在非虚构领域的重要在线枢纽。《简洁杂志》博客每月的访问量数以万计，呈现作家们的各种作品，有分享的书评，有投稿信息，还有写作技巧讨论和访谈记录。这些内容无须付费，只为了帮助其他作家。

[①] 原文为 *Brevity Magazine*，一本专注于精练体裁的非虚构文学杂志，开办20余年，刊登散文、书评等。

照片墙：@morgan__gayle

摩根·哈丁以前在玛丽华盛顿大学主修英语，然后到圣路易斯的美利坚大学念研究生。她课程中黑人作家的作品如此之少（特别是黑人女作家），对此她感到沮丧。如今作为独立书店的老板，她用自己的影响力到处为边缘人群发声。除了在YouTube上点评图书，自2018年起她还主持了一个名为"一席之地"的月度读书小组，由华盛顿特区的政文书店[①]赞助。哈丁将该小组描述为"可以让所有黑人女性被倾听、被看见和被赞美的空间"。

她也在照片墙上以"平装版的摩根"[②]为名发布与书相关的帖子，粉丝近两千人。她照片墙的账号内容包括书籍封面、自拍照片，偶尔会有视频，并将书艺术性地摆出造型。除了图片，她还以轻松的对话口吻发布微书评，构思精巧，显露出个性和文本细读的功力。哈丁坦率、有趣，用照片墙来助她欣赏的作家一臂之力。虽然她不是最闪耀或最受欢迎的书评人，但发布的内容让人感觉绝对真诚，是在全心全意支持她的伙伴们。

---

① 即 Politics & Prose 书店。
② 原文为"Paperback Morgan"。

由于有社交媒体，组建写作社区比以往任何时候都容易，但只要在其中任何一个平台上花上几分钟，就可能见到人性的阴暗面，十分压抑。我们不妨一问：为什么社交媒体的动态消息、评论区和在线评论常常会出现站队现象，指名道姓地指责，以及通过伤害大家来标榜自己的行为？据技术专家雅龙·拉尼尔说，问题不在于算法，而在于我们的大脑。他认为："恐惧和愤怒等负面情绪比积极情绪更容易涌上心头，并会在内心停驻更长时间。"我们上网时，人性的特点倾向于放大，会鼓励和回应带有争论、挑衅、无理、轻蔑和对立性质的内容，这一切噪声使社区接下来的发展寸步难行。

网络文学公民需要抵制这种负面趋势。不是说互联网上没有批评的空间，但如果我们对一个作家或其作品持负面观点，是否应该扪心自问，这个观点具有建设性还是纯粹的恶意指责？它是否公正地代表了作者的作品，还是仅挑选个别句子断章取义？它是否有助于对作者的作品进行思辨解读，还是只为了彰显我们的聪明？

以上为"黄金法则"的标准内容，考虑到网上的仇恨言论如此之多，得再强调一遍。尤其因为通过网络联系上作者是那么容易。在社交媒体出现之前，如果作家们愿意的话，很容易就能避开负面批评。但如今每人只隔着一个@符号。卡门·玛丽亚·马查多在推特上说，看到读者在负面评论中标记作者时很难过，将这种赤裸裸的在线批评比作"你在报纸上写的差评直接撕下来寄到作者家里"。此种小气的举动虽然不常发生，但社交媒体上类似的对抗却频繁出现。也许最基本的法则应是，如果你认为分享负面评论实际上对文学对话有所贡献，那就发表，但请你不要标记作者。

社交媒体上充斥着对陌生人的狭隘指责，如果还有什么比这更可悲的话，可能就是没完没了不知羞耻地自吹自擂。想想之前三个例子：维克、莫尔和哈丁在社交媒体上为自己创造出一个空间，并不是通过对自己的成就喋喋不休，而是为伙伴们提供某种价值。无论作者是发布一系列精彩绝伦的风趣推文，还是启发文学灵感的每日引言，或仔细推敲过的定期书评，大家都在努力使社区变得更好。毋庸置疑，这就是最好的推广。

分享你有见识的观点

提供个人意见已成为21世纪的生活方式，且远远超出了社交媒体的范畴。Angie想让我推荐一个水管工，Glassdoor要我评价工作，Yelp想知道我对晚餐是否满意，Uber希望我提供回家的路途报告。[1]还没提亚马逊呢——他们想知道我对所有物品的意见，从平底锅、足球到钱包、除草剂。他们还希望

---

[1] Angie, Glassdoor, Yelp, Uber 同为应用程序。

我评价每一本买过的书。

如果一个网站要我们用同样的方式点评厨具、园艺工具和马娅·安杰卢[1]、琼·狄迪恩[2]，有没有问题？图书评论家劳拉·米勒欣赏非正式的在线评论，因其向我们展示了"人们阅读一本书的无限可能性"，说得有些委婉，其实就是指评论从甜腻的赞美到尖刻的抨击都有可能。她的观点值得深思。"每条评论都代表某人的一次冒险。"米勒写道，"打开书页，让作者的文字进入头脑，希望某种魔力出现。"

当一本书无法带来我们所期望的"魔力"时，我们就很可能认为自己被骗了，不知怎的被骗来读这本书。更糟糕的是，仿佛书仅仅是一种消费品，就像一双不舒服的匡威鞋或一个有故障的闹钟。一本书（至少应该）是一件艺术作品，以评判鞋子或家用电器的方式来评判一本书，既贬低了文学的作用，也贬低了我们作为读者的作用。

据路易斯·海德的观点，消费艺术与消费生活物品不同："即使我们在博物馆或音乐厅门口买了门票（或在亚马逊网购用了借记卡），当我们被一件艺术品触动时，收获无法用价格来衡量。"我们买一双鞋，完全有权期待它质量好、耐穿。而购买参观艺术博物馆的入场券，我们仅有的"权利"只是在画

---

[1] 马娅·安杰卢，美国作家，出版散文、诗歌等，以自传最为有名。
[2] 琼·狄迪恩，美国作家，曾任记者、纽约《时尚》杂志编辑，小说《奇想之年》获美国国家图书奖。

廊中礼貌地漫步。博物馆并不保证我们会享受，不承诺艺术作品易于理解，不承诺艺术家与我们审美或政治观点一致，甚至不承诺我们是否是博物馆作品的目标受众。要评论一个艺术展，不仅需要对自己的个人审美有清晰的认识，还要了解艺术史、社会文化背景和某些艺术家参与的更宏大的艺术对话。

无论我们是进行在线评论，为传统出版物撰写长篇书评，还是为书友圈的粉丝拍摄书籍平铺造型，在 YouTube、TikTok 录制点评视频，海德对博物馆的比喻也许都恰如其分。毕竟我们买书时买到的不仅仅是纸张、墨水、装订和封面艺术，而是进入作者那个世界的门票。如果我们希望获得海德所承诺的艺术提供的某种无价之宝，或在他人开启相同旅程时提供指南，那我们对文字、作者和读者都负有一定责任。

把整本书读完。当然了，很多书我第一章没看完就放弃了。但如果我要评价一本没读完的书，就好比在博物馆墙上看到第一幅画，匆匆一瞥认定不是自己的菜，然后走出去告诉其他排队的人这是在浪费金钱。一本书是一种体验，我没有义务非得读完它，但如果要我给书做评价，为他人提供参考，仅根据它的开头部分就下判断是不道德的。

考虑每本书的独特性。如珍妮特·哈尔斯特兰德所解释，负责任的评论者应根据"作者打算写什么书，而不是读者期望读到什么书下评判"。如果我去参观一个当代街头艺术的画廊展览，就不能抱怨这里没有文艺复兴时期的肖像画；如果我要评论一本谋杀悬疑小说,将其与《傲慢与偏见》比较并不公平。书籍是在与其他书籍的对话中创作出来的——对话涉及体裁、主题、结构、社会文化背景、审美,甚至市场。因此我们着手撰写评论时,至少应了解自己要加入的对话的主题。

为潜在读者写评论。《赫芬顿邮报》的尼尔·伍滕提醒我们:"评论要围绕着书为读者而写,不要围绕着你自己。"不是说我们的观点不重要,而是应该斟酌。比起"我没有代入感",评论"前几章作者对背景故事的描述也许有些冗长了"可能更好。比起"我觉得相当无趣",评论"喜好快节奏叙事的读者也许读起来有障碍"可能更合适。回到博物馆比喻,想象一下展厅外排队等待入场的人群。让他们了解哪些信息会有帮助?如果我离开博物馆时向人群大喊"我讨厌这个"或"第一个展厅无聊透顶",并没有给他们提供实际信息,很大程度上是在以自我为中心。

认识到恶评的伤害。对于有数万条评论的畅销书,一篇草草写就、过分苛刻或以偏概全的评论也许会在一片杂音中被淹没,但对籍籍无名的书,消极评论有可能招致毁灭。做一名有良知的文学公民,要用经过审慎、全面、礼貌的语言来表达观点,无论是积极的还是负面的。

伍滕认为,负责任地评价意味着要放慢给一星的速度。"如果一本书写得好、编得好,它永远不该获得低于三星的评价。""永远"太过绝对,但让我们听听他的解释:"故事是主

第三章 成为一个优秀的文学公民

观的,你不喜欢不代表别人也不喜欢。"伍滕相信(我也比较同意),一星评价只该针对那些"毫无可取之处"的书。别怪伍滕太软弱,他在给予好评时同样挑剔。"拥有五星评价的书理应无可挑剔,优秀的写作、优秀的编辑,让你想要再读一遍,并告诉朋友们。"如果我们随意给五星,五星就不值钱了。写得还不错的书不一定伟大,坦诚表达这一点没关系。

在某个网站上留下一条有几分思考的评论不难,但如果真正被一本书吸引,也许是时候考虑写一篇更深入的评论了,可以发到传统媒体,如报纸、杂志或文学期刊,甚至新媒体平台如 YouTube、照片墙、TikTok。写这些评论需要了解更多背景知识,不仅会对营销数据产生影响,对持续的社区讨论也有益。

如果一篇非正式的在线点评主要依赖读者反馈,那么更正式的评论往往会涉及其他点评方式:思辨看待新注意到的文体,侧重审美和语言,以及强调历史、文化或社会经济背景。无论从哪种评论视角出发,我们的正式书评都应追溯书如何与更广阔的世界互动,并为读者提供建议,说明为什么读这本书很重要,而不仅仅是书籍内容的概览。

写正式书评的另一个原因是获取经验。许多期刊、报纸、杂志和网站的编辑都在寻找文笔出色、思考深入的评论,以帮助读者从每年出版的成千上万本书中筛选出精华。写这样的评论去投稿,我们也许得以认识编辑,他们会提供在实际出版物上写作的宝贵经验,并让我们有机会用公开的方式为文学界做贡献（有关发表书评的更多信息）。

在社区中找到我们的位置。这项任务令人望而生畏，它要我们更广泛地阅读，超越自己偏爱的文体，外出结识朋友，参与当地的活动，甚至前去帮忙。它要我们明白该怎样支持其他作家，同时认真对待自己的职业角色。对一些人来说，这一切可能太精于算计。也许我们对这个不可避免的现实感到不满，即我们认识的人往往比他应该知道的更重要。也许我们不喜欢"人际关系网"或"职业化"这类词与"灵感"和"艺术"并置所产生的不协调感。

但如果我们不去寻求其他作家的支持，很少有人能获取对于灵感和艺术所必要的时间和资源。"写作的职业化很大程度上是养成习惯，设计出一种可以支持创意工作的生活方式。"梅丽莎·菲伯斯说。归根结底，文学公民就是要建立起支持这种生活方式的人际关系。写作必不可少，无论多少文学交流也无法替代写作者在键盘上打字。但正如菲伯斯所说："如果其他条件没有到位，一些人所认为的作家生活的'纯粹'部分就无法实现。"而在这方面，几乎没有什么比我们信任的社区更能提供帮助的了。

第四章

找到一位导师

第四章 找到一位导师

在大四那年,我意外地赢得了全国性的散文比赛一等奖,随即拿到一笔令人惭愧的现金奖励,文章被发表在兰登书屋的青年散文选集中。作为一个25岁的年轻人,那时还不清楚自己是否能成为作家,这件事令我相当激动。我在校园中短暂地成为焦点:受到同学们称赞,许多教职员工来与我握手,甚至还接受了校友杂志的简短采访。这篇散文助我进入研究生院,但也让我对什么样的文章能出版有了错误认知。整个经历中,最让我长久受益的是与两位写作教授的交谈。

第一次交谈在帕特里克·麦登的办公室,大致是校友杂志为我的访谈安排照片的时候。我情绪高涨,麦登祝贺我发表文章,拿到奖金。但随后他说:"别太得意了。"我们都笑了,他的声音中隐约带着一丝暗示。"真的,"他说,"从现在开始,一切都会走下坡路。你可能一辈子都不会再因为一篇文章得到那么多钱了。"麦登什么意思?他是说,别太骄傲自大。成为一名作家意味着往往会做许多工作,但得不到多少金钱回报和认可。

第二次交谈在那之后不久,我遇到道格·塞耶,他77岁,是我们创意写作系的权威,德高望重。他曾于20世纪50年代参加爱荷华作家工作坊,在接下来的60年里,他教导那些常满怀文学梦想但缺乏必要职业态度的学生,叫他们对上帝要有敬畏之心。"我听说你发表了一些东西。"他在英语楼的走廊上对我说。他让我复述那个故事，当然我现在可愿意讲了。但讲完后，他的沉默比我想象的要长一些。"好吧……别让它昙花一现。"他最后说，然后就离开了。

塞耶尔的教导是什么？基本与麦登相同。如果我想把写作变成一项职业，接下来要做的远远比发表一篇文章然后收到一笔意外稿费多。我还听到了——埋头写作，把手指磨疼，十年后再回来和我谈。

他们两位都对。那篇文章或许为我进入研究生院铺平了道路，收入当然也很可观，但接下来我花了三年时间，投稿数十次才发表了另一篇作品，而且我后续的写作收入都非常有限，有时甚至没有。我在哪些方面持续有收获呢？那就是早期写作时，从两位导师那里得到的谦逊的教导。

我真的需要帮助吗

对于某些人，"导师"这个词可能会让他们联想到过时的、家长式的、虚假的精英主义概念，或带有追求名利的意味，像在商学院的大厅与人亲密交谈那样。最糟糕的时候，指导关系可能引发严重的权力失衡，特权和偏见在职业环境中得以延续。但最好的时候，指导关系是支持性写作社区最大的保证、文学公民的最高形式。

第四章 找到一位导师

正如我们在第三章中讨论过的那样,每个作家都需要一个支持系统:朋友、室友、配偶、父母、好奇的咖啡师[①]。有人会阅读草稿然后说:"你真棒!"有人可以在截稿日帮忙看孩子,有人会倾听我们投稿被拒后的愤愤不平,有人会为我们添咖啡。但是,作家需要的不仅仅是一支啦啦队、一场开放麦之夜或交流阅读建议的朋友,作家还需要经验丰富的专家来删减那些自我沉溺的句子;需要知己,帮我们将挫折的痛苦化为前进的动力,需要顾问,去处理出版协议、寻找工作机会、审阅合同。写作既是技艺和交易,也是艺术和生意。我们追求审美和职业进步,很多时候拥有一个导师也一样,教导我们示范工作和生活方式。

导师可以为我们做些什么呢?考虑以下几个例子。

导师是诚恳的读者

众多著名的导师读者中,有一位是埃兹拉·庞德。他曾审阅过罗伯特·弗罗斯特、欧内斯特·海明威,尤其是 T.S. 艾略特的初稿。在一次热心的编辑中,庞德说服艾略特在他的史诗《荒原》初稿中剪掉"大量不必要的内容",后来证实这不仅对英语专业的学生,对更广阔的文学界都是宝贵的财富。庞德

[①] 有一本英文书叫 *The Curious Barista's Guide to Coffee*,即《好奇咖啡师指南》,讲咖啡的起源、咖啡厅的发展、咖啡的不同种类等等。作者或许想表达,写作者遇到的咖啡师也可以作为支持系统中的一员,比如在下文中提到的"为我们添咖啡"。

称自己的良苦用心是"剖宫术",而艾略特本人也承认这首诗"庞德手术的功劳远远超乎我们的想象"。

导师是把关人

对于小说家珍妮特·费奇来说,这是洛杉矶小说家凯特·布拉弗曼的强硬言辞:"她最关心语言的情感和抒情力量。"在写作工作坊中,布拉弗曼负责叫你"摒弃糟糕的写作来捍卫文学"。费奇承认,布拉弗曼有时可能很残酷。"但是当你交出真正精美的作品时,她会把你捧上天。你从中获得自信。"

导师是智识上的引路人

散文家何塞·奥尔杜纳在芝加哥的哥伦比亚学院念电影录像专业时,遇到了第一位写作导师大卫·拉扎尔。"我偶然选修了拉扎尔的一门非虚构写作课程,立刻意识到这就是我想要的。"奥尔杜纳随后跟拉扎尔上了更多的课,每一门都拓宽了他在文学上的眼界。

"最重要的是拉扎尔向我介绍了以前不知道的文学传统。"奥尔杜纳说道。但拉扎尔的导师工作不仅限于课堂。奥尔杜纳快毕业时,拉扎尔鼓励他攻读艺术硕士,在他离开芝加哥后仍保持联系,并就各种研究生院提供建议,还写了推荐信。

"他始终捍卫我的作品,是我的良师益友。"奥尔杜纳说,"拉扎尔支持着我,就像我的智识港湾,如果没有遇见他,我想我不会有这种感觉。"

导师倾听你的声音

小说家亚历山大·齐曾在威尔斯利大学师从安妮·迪拉德,并认为迪拉德引导他找到了自己的声音。"你可能会认为,你作为作家的声音会自然而然出现,然而错了……实际这种声音被困住,紧张而懒散。"齐写道。迪拉德在齐初稿的空白处写满详细批注,其中包括这样的妙语:"有时你写出好几句令人惊叹的句子,有时你写出一句就已经很惊艳了。"她也帮助他识别、扩展最好的作品,让他培养对自己的信心。据说,迪拉德曾告诉他:"你是独一无二的,你的视角独特,在这个时间点,在我们的时代,不论你描写突尼斯还是窗外的树木,都很重要。"

导师对你的关心

小说家里克·穆迪列出的导师候选名单中有安吉拉·卡特,她在布朗大学教了两学期书,穆迪是学生。卡特向穆迪展示"如何稍微活得豁达一些,像作家一样举止,而不仅仅是梦想成为作家。"在卡特的陪伴下,穆迪"不仅感觉自己在作家的道路上有所成长，人格也有所提升"。卡特在他的教育上表达"个人关心"。他说："她坦率地告诉我，兴奋剂不利于我创作，或我正在读的书很烂。"

导师坚实的手掌

诗人特蕾西·K.史密斯回忆起两位教授对她艺术硕士论文的评议。她说其中一位是"备受尊敬的诗人和评论家（碰巧是男性），将我的诗贬得一文不值。他认为我整个项目不可救药，评价'这些诗陷入了幼稚自恋的陷阱'"。相较之下，另一位评审露西·布洛克-布罗伊多则给予了"适度赞美和周到的反馈"，令史密斯感觉"像一个坚实的手掌在我背心，保证安抚我的同时轻轻向前推动"。对比两者，史密斯承认它们可能都准确，"但其中一种让我沉默了数月"，另一种则"设法将目标悬在足够近但也足够远的位置，让我不断努力拼搏，想要去接近"。

导师给予批准

小说家阿丽莎·纳丁感谢凯特·伯恩海姆给予她自信，不必介意自己的古怪个性。在参加艺术硕士课程一年之后，纳丁形容自己的写实主义小说"实在是糟透了"。随后纳丁进入了伯恩海姆的工作坊，决心将自己小说中的"怪异元素清除出去"。可是她却写了一个涉及狼人,以及一个男孩赤裸身体坐在巧克力棒上用体温融化它们的故事。纳丁原本以为伯恩海姆会给出反馈,让她别让自己的故事那么奇怪,但伯恩海姆却说:"无论你在做什么,别停下来。"这正是纳丁需要的——允许她做自己,追随她的直觉。"多么令人宽慰啊,我终于可以沉浸在我的痴迷之中,不用再掩藏它们了。"

导师是平衡高手

诗人凯西·露·舒尔茨在旧金山州立大学求学期间结识了米杨·米金。她回忆道:"从我紧张地进入米金的教室那刻起,就被她富有表达力的激情深深吸引。她谈论写作的方式与我之前的老师完全不同。"米金推动舒尔茨更加深入地思考女权、政治和诗学问题,同时她也示范了平衡的重要性。"通过米杨,我第一次看到诗人是如何生活的。我看到米杨怎样教学,在履行母亲和妻子的角色,以及在自身强烈的创作驱动力之间达到平衡。我见证了她在生活中开辟出属于自己的工作空间,因为写作对她来说不是一种选择,而是必然。"

怎样找到一位导师

上述例子中的导师会在恰当的时机为写作者提供需要的帮

助，即使他们并不清楚自己要什么，可能是建议、评价，也可能是动力和榜样。导师帮写作者看清自己的优点和缺点，打开一扇又一扇窗，有时还会展示写作者以前未曾了解的窗口。他们帮写作者在文字中找到自我，同时也给予勇气，让写作者相信他们其实无须任何人的认可。

虽然许多例子都来自学术环境，但写作者与导师的关系并不一定要从学生与教师的关系开始。实际上，仅仅作为某门课程的学生并不能将那位教授变成你的导师。这种职业联系最好是当我们致力于写作、表现出对写作社区的承诺时，自然发展而来。

对于在学校的写作者来说，不仅要上课，还要参加客座讲座、诗歌之夜和来访作家的问答环节。对于不在学校的写作者，可能要报名参加当地市民中心的工作坊，或在当地咖啡馆的开放麦之夜留意钦佩的作家。也就是要设定写作目标，努力实现，然后寻觅也许会有好的建议的作家，告诉我们如何将全部目标高效完成。

那么我们如何接触到潜在导师，并且不给这些繁忙、工资微薄的作家增加压力呢？我们如何请求建立起一种关系，而不带有强迫意味？如果我们已经加入了写作社区，也许会自然而然获得机会，就像阿丽莎·纳丁、特蕾西·K.史密斯和其他我提到的人一样。但更多情况下，寻找导师需要一点努力。

第四章 找到一位导师

别怕，大胆去做

历史上我最喜欢的例子是艾米莉·狄金森，35岁时她已经写了1000多首诗，但仅与家人和朋友分享了其中一小部分。意识到自己需要一个"导师"（或老师），狄金森用钢笔手写了一封信给《大西洋月刊》的托马斯·温特沃斯·希金森，后者曾在1862年为有志于写作的读者发表过一些建议和鼓励的提示，题为《致年轻投稿人的信》。在对希金森公开信的回复中，狄金森附上了4首原创诗和1张短笺，开头简单而直接："希金森先生，您是不是太忙了，没法帮我看看这些诗是否有生命力？"（图4）

在寻找潜在导师方面，狄金森的行动提供了两点经验。第一，要勇敢。希金森先生肯定很忙。在有生之年，他写了500篇文章和35本书。即便狄金森对自己的作品有几分信心，她还是在寄出那封信时表现出勇气。第二个更重要的经验是，行动起来。狄金森并不是在写了1首或10首诗之后就寄出信，而是写了数百首诗。她也许没有到处投稿，没有在波士顿的演讲厅里向观众朗读，但是通过一首又一首的诗，她逐渐成为一名作家。严肃地投身于诗歌创作无疑在首次联系希金森时给了她勇气。最后，她得到一名导师所依靠的不仅仅是写信的胆识。希金森认识到狄金森是一个"让人耳目一新的原创诗歌天

成为作家

艾米莉·狄金森
教你如何找到导师

"心灵离得如此之近，它无法看清，而我无人可问。"
——艾米莉·狄金森

1. 写一堆

可能大概400首诗吧

2. 找到一位你欣赏的作家

每篇构思最紧要的，当然是引人入胜。

希金森写了500多篇文章和35本书，狄金森通过1862年《大西洋月刊》上的一篇文章《致年轻投稿人的信》，注意到他。

3. 礼貌地寻求帮助

希金森先生，您是不是太忙了，没法帮我看看这些诗是否有生命力？

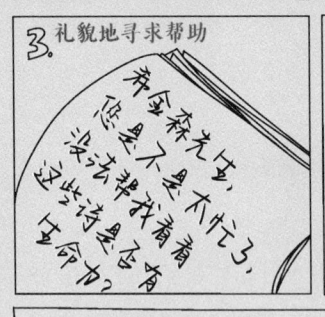

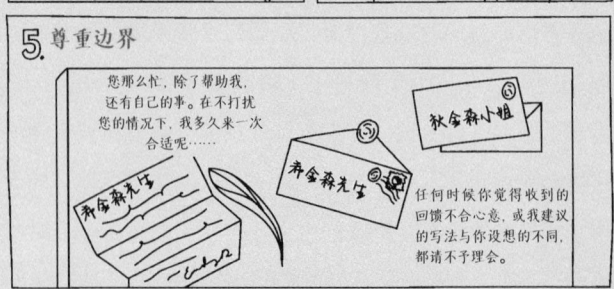

4. 表达感激

感谢您操刀，它没我想象的那么痛。

狄金森写道："人们请外科医生来不是为赞美他们的骨头长得有多好，而是为给骨头复位。"希金森这么做了，她感激不尽。

5. 尊重边界

您那么忙，除了帮助我，还有自己的事。在不打扰您的情况下，我多久来一次合适呢……

任何时候你觉得收到的回馈不合心意，或我建议的写法与你设想的不同，都请不予理会。

图4 艾米莉·狄金森教你如何找到导师，引自托马斯·温特沃斯·希金森《给艾米莉·狄金森的信》，《大西洋月刊》，1891年10月。

才"。并不是说我们都必须"耳目一新"或者"原创",但在向其他作家寻求帮助之前,肯定要先认真付出努力。

追求真实

建立职业关系时,主动联系是重要的第一步,只要一点点勇气就可以走很远,尤其当我们原来已经打下了基础。但如果我们把职业关系视为纯粹的商业考量,可能最终会与这些人产生距离。念研究生的时候,写作者 E. J. 利维与一位著名作家结为朋友,作家访问了她的校园。利维知道这种关系也许对她的职业生涯有帮助,但不清楚该如何维持。有人建议她"大约每隔 6 个月发送一封电子邮件来培养人脉"。最后利维表示"那个建议是场灾难"。刻意"将一种真诚、仰慕的纽带变成纯粹功利的人脉,真叫人不寒而栗"。与其"培养关系",利维建议我们应该"只在必要的时候才跟进",即当我们需要建议、推荐语或其他帮助时。"除此之外,希望我的交流不会被这种职业上的考量所玷污,作家之间的互动要真诚。"

尊重边界

某个夏天,小说家斯宾塞·海德同意帮助一位有前途的年轻学生申请研究生,但逐渐开始后悔。"5 月的时候,我帮他修改个人陈述和写作样本，"海德说，"然后他问能不能再发给我另一个故事，然后又发来一个，我都看了。"海德接着读部分是因为这位学生的作品给他留下了深刻印象，还因为海德是个老好人。然而到了夏季中旬，他们几乎每周五都要见面，有时每周还要读两个故事。海德清楚意识到，只要他愿意付出，这位学生就会无休无止地永远接受下去。

尤其让海德无法忍受的是，7月的某个星期，这位学生已经给海德发了两个故事了，但他仍附了一张字条："嘿，我正在写这个故事准备投给一家期刊，你能再看看吗？"虽然十分不情愿，海德还是同意了，他们在那个周五会面讨论了3个故事。但接下来的周一，这名学生又发送了一大堆故事，海德干脆置之不理。海德说："这对我也是一次教训。很难对一个如此有才华的作家说不，但我确实开始感觉到被利用了。"最终他们聊了这个情况，由于海德实在是老好人，他们继续保持每个月见面的频率。这个细节一定要铭记在心。导师的善良可能会吸引我们，他们往往乐于助人，但我们要确保自己不滥用他们的善意。

考虑相似身份背景导师的支持

我已教授文学和创意写作超过10年，出版了几本书，参加了一些学术会议，并且与人合编了一本拥有20年历史的文学杂志。我认为我有足够多的经验来帮助任何一个敲门求助的

第四章 找到一位导师

新作家。但我也是一个普通人，对于有些写作者来说，我的文化经验可能有所限制，不能充分发挥价值。一位在传统上被归类于边缘或少数群体的作家，生活和写作都会面临不一样的挑战。写作者想要成功，找到基于身份的指导不仅有益，而且必不可少。

中国和苏格兰混血诗人尼尔·艾特肯非常钦佩他的导师，因为他们"见解丰富，不仅关注文化和家庭模式，还关注在以白人为主的环境中感受到的孤独体验（无论是课堂、读书活动、学术界还是出版界）"。艾特肯最初在加州大学河滨分校的研究生项目中找到了相似身份背景的导师。他在克里斯·阿巴尼、胡安·费利佩·埃雷拉和迈克尔·杰米的指导下学习："导师与你的面容相近，在他面前坐下来交流真不可思议。某种程度上，他的生活与你类似，在人生旅途中经历了与你同样的挣扎，同样的不公正以及同样的悲伤。"

艾特肯觉得，比个人辅导更重要的是"沉浸在一个非白人作家社区的体验"，例如纽约的非营利组织昆地曼（Kundiman），"致力于培养一代又一代亚裔美国文学的作家和读者"。参与昆地曼年度写作营，艾特肯接触到了"范围更广、经历更多元"的亚裔美国诗歌传统，这比他在大学里读到的更加丰富。

在参加第一次写作营之前，艾特肯说他有误解，以为"作为一个中国和苏格兰混血的加拿大人，也许不属于亚裔美国文学界。但在写作营里我意识到'无论进去的时候如何焦虑，我都不是一个人——我们都有差不多的恐惧，都担心自己不属于'亚裔美国人'"。艾特肯认为参与类似昆地曼的社区会"为你找到一个以前未知的、从未意识到你会需要的大家庭。昆地曼就如同一个大家庭，改变你的生活方式，开启维持一生的关系。"

昆地曼这样的组织遍布全国，为各种社区提供肯定、支持和指导。除此之外，还有一些更为知名的组织：

- Cave Canem（致力于促进非洲裔美国诗人的艺术和职业发展。）
- Canto Mundo（全国性的诗歌组织，通过工作坊、研讨会和公共朗读活动培养拉丁美洲诗人。）
- Disability Visibility Project（一个致力于创造、分享、宣传残疾人媒体和文化的在线社区。）
- International Women's Writing Guild（这个地方能让所有女性作家都感受到接纳和被启发，提供技能培训、资源和指导，赋予她们力量。）
- Lambda Literary（聚焦性少数群体声音的空间——他们不应被边缘化、被贬低，应受到尊重。）
- Macondo（一个由从事各类社会工作，如地理、文化、经济、性别和身心灵领域作家组成的协会。）
- The Radius of Arab American Writers（为阿拉伯裔美国作家和文化根源在阿拉伯语世界的人提供

第四章 找到一位导师

指导、社区和支持的全国性组织。)

● Voices of Our Nation（以非白人作家为中心的社区组织，致力于将他们的叙述、声音和经历置于所有对话的中心。）

许多其他组织在地方层面和全国各地的大学开展工作。还有很多作家通过非正式的社区聚会找到相似身份背景的支持。诗人达芙妮·戈特利布描述，她在旧金山参加了一场当地的诗歌朗诵会，就发现了这样一个社群。戈特利布从小写诗，但成年后出于实际生活的考虑，不得不做了一份与创意写作无关的编辑工作。"但一位朋友带我去听了场诗歌朗诵会。接下来就像老生常谈的那句话——这改变了我的生活。"在这群"打洞、文身、剃光头、多毛、左派、极度沉迷咖啡因"的诗人中，戈利布找到灵感。"看到所有年轻的写作者站起来，愤怒地大喊，用尽全力迸发光芒，让我内心尖叫——我也曾这样做！我可以做到！"她开始写作，并得益于社区的邀请开始公开朗诵。她结交了一些朋友，与他们约好日期一起在咖啡馆里狂写。她朗诵了更多，结交了更多的朋友，最终受邀加入一个女同性恋作家圈子。她开始组织自己的活动，结识了当地编辑和出版商，并在当地的 LGBTQ 写作社区确立自己的位置。"如果没有她们的关照，我无法向前迈出一步。这些女性诗人向我展示了如何制作自己的小册子，解释她们怎样参加某些读书系列活动，分享投稿通知，并帮我预订这些活动。"

戈特利布的故事听起来可能非常了不起，但我们找到适合自己写作的社区，也能取得这样的成就。它强调了社区自身的辅导作用，即使我们没有直接接触到传统意义上的导师，仍可以从身边的写作者那里获得鼓励、指导和点评。

别轻视你书架上的书

在考虑寻求导师与适合的社区支持时，请铭记：对于很多作家，第一位导师，最好的导师，就是书本身。这些书不仅示范如何写作，更帮助你找到自己的声音。艾米·内祝库玛塔希尔的文字导师是娜奥米·史哈布·内野。"她的诗歌对我就像可口的食物，我同时感受到独立与归属感，有作者声音的陪伴我感到安心，它与自己的声音产生犹如切分音节奏的和鸣，让我豁然开朗，让我欢笑。"内祝库玛塔希尔在内野的书中找到了自己，她渴望家庭，渴望分享被忽视的宁静时刻——在内野的作品中得到满足。

平衡期待

与导师合作的部分好处是，有机会近距离观察我们所钦佩的专业人士。我们得以坐在前排观察他们的写作过程、教学风格、出版策略、公众活动中的举止,甚至私人生活的状态。这种亲近也许会让我们对导师更加钦佩和感激,但肯定也会让我们醒悟:噢,尽管他们在职业上取得了成功,但毕竟也是和我们一样的人类。一方面,这种醒悟让人宽心(比如每当我被工作和家庭生活拉扯到不同方向时,就会想起我的导师帕特里克·麦登也有同样的状况,他孩子的数量还是我的两倍多)。另一方面,目睹我们仰慕的偶像也有脆弱和失败,可能会让人心痛。

但导师关系中人性的那一面不可避免,这也是为什么一些写作者对导师概念感到困扰。以诗人佩斯利·雷克达尔为例,她在成长为作家的过程中并没有得到真正的导师指导。她有过很多机会,但她解释说"自己从未对任何一个导师产生足够的信任"。她承认在职业生涯的早期,有时她对潜在的导师"非常无情",拒绝了他们的帮助。因为"其中一个太懒散"或"太贪婪",或"这个导师与她的学生竞争","那个导师上课前嗑药"。她拒绝了一位看起来太年轻且经验不足的导师,另一位个性羞怯,让她感觉像是对"女权主义"的背叛。现在她认识到:"在寻找完美导师的过程中,我忽视了很多本来完全足够优秀的人。"

雷克达尔对于导师的抵触至少部分源于自我保护。当她偶然听到一些潜在的导师轻率表达种族主义观点时,她就对他们失去信任。而且她对其他人,尤其是男性,也失去了信任,因为他们常常"带有一点性诱惑的味道,有时甚至是侵略性的"。

她不后悔远离种族主义和恐怖的男性，但回头看，雷克达尔认为她可能"对导师关系中的某些情绪过于纠结，或只是太无知"。一方面，雷克达尔认识到"导师的个人特点和缺陷没有导师所提供的信息重要"。但另一方面她也说："导师的人品是最重要的。"对于雷克达尔，导师关系的本质可能实用，但也可能混乱不堪。由于找不到德才兼备的导师，她选择独自前行。

当然，独自前行并不总意味着要拒绝所有导师的帮助。但有时会意识到一段导师关系已经完成了使命。比如诗人托尼·霍格兰在成长为作家的过程中，发现即使"最有影响力的老师……某个时刻，我也有必要拒绝他，管他认可还是不认可"。随着审美观念或职业方向的差异逐渐显现，霍格兰认识到他需要自己上路了。

霍格兰自己现在也是教授和导师，看到学生对他也采取同样的态度，霍格兰写道："那种时刻，很遗憾地说，我感觉到受伤。"但是他努力去想，他们只是"希望进入深水区，凭自己的力量游泳"。

如霍格兰所建议，协调一段持续的导师关系就是要"协调被滋养的需求和独立自主需求之间的矛盾"。尽管并非每段导师关系都会以拒绝的方式走向终点，但我们要明白，这样一段关系是为了帮助初学者找到自己的方向，最终我们每个人都渴望，而且都必须走自己的路。

第五章

参与研讨会、写作营或驻地计划

第五章 参与研讨会、写作营或驻地计划

洛杉矶的一个春夜，我和帕特里克·麦登参加了一次现场电台采访录制。这场采访是《散文新历史》系列作品的作者约翰·达加塔与KCRW电台节目《书虫》主持人迈克尔·斯尔福布拉特之间的对谈。此次活动和作家与写作研讨会（AWP）同时举办，吸引了约100人，地点是离会议中心几英里远仓库区的一个小型艺术空间。记得我和帕特及其他观众开玩笑，说这幢建筑有多难找，无任何标识、门牌号，街灯也少。我的优步司机注意到这幢楼没有窗，只有一扇没有把手的门，说道："你确定这就是正确的位置吗？"似乎每个观众都在楼外面摸索，最终找到后门那个标识不清的入口。

如果不是在录制开始10分钟后发生了一件事，接下来围绕散文历史展开的讨论会愉快而正常地进行。达加塔和斯尔福布拉特正坐在大厅一端的舞台上，进行着他们的对话，突然几下响亮的敲门声回荡在整个大厅。斯尔福布拉特暂停采访，我们都静静地听着。有人在外面迷路了，和其他人一样，正想通过那扇没有把手的门进来，这扇门恰好接近舞台正中央的位置，夹在达加塔和斯尔福布拉特之间。一名工作人员打开了门，一个戴眼镜的男人眨巴着眼睛走进大厅。他看着坐在椅子上的达加塔和斯尔福布拉特，又朝观众区望了一眼，说："哦，该

死。"在大家的笑声中，他匆忙走出聚光灯的范围。采访继续。

半小时后，我和帕特站在路边等待优步，那个戴眼镜的男人也从楼里冒了出来。我开玩笑："你进场的方式真是不凡！"我们有些拘谨地笑了笑。我邀他一起乘优步回到会议中心，在车上我了解到他叫丹，与我一样也是一名散文作家，在堪萨斯城的一所大学任教。我们最后一起去吃晚餐，在那个傍晚一起讨论教学、写作和研究。夜里我们分别的时候，我没想过还会再碰面。可是在华盛顿特区下一届的作家与写作研讨会上，我们再次相遇了，又一次共进晚餐。这回我们交换了电子邮箱地址，就这样开启了作家间的友谊。此后，我和丹几乎在每次的作家与写作研讨会上都会相见，我总是很高兴听到他的近况，读到他的作品。他是我的好朋友，也是我作品的认真读者。

我分享这个故事是因为它体现了公共活动，如写作研讨会、写作营和驻地计划难以量化的价值。参加这些活动当然有好处，比如有机会从专题讨论、工作坊、讲座和书展中学习，更别提与其他专业人士交流的机会。但往往最有价值的时刻是我们无法预计的。

当然，由于活动种类繁多，每个活动都针对不同发展阶段的作家（而且有时会将诸如研讨会、写作营、驻地计划和工作坊之类的词混用），选择适合我们的活动可能很难。所以我们首先要定义每种类型的活动，然后再讨论如何在它们之间进行选择。

术语定义

写作研讨会。通常在周末或假期举行，吸引数百甚至上千名作家前往会议中心、酒店会议场地或大学校园。与会者可以申请展示自己的作品，或仅作为听众参与，专题讨论、讲座、分组讨论。这是一种与写作生活有关的、艺术和实践方面的读书活动。

一些会议，比如我之前提到的年度作家与写作研讨会，涵盖范围广泛，每年吸引超过 13000 名与会者。在这个大会上，每个小时都可能有讲座，主题涉及性少数主题小说中的角色发展，心灵自传中的历史研究，或在监狱教授诗歌的技巧。其他会议则更针对特定的人群。有为科幻作家、记者、非虚构自传作家和言情小说家举办的会议，可以在全国各个地区甚至国际上举行。尽管会议可能给人一种被动的感觉，很多时候需要坐着倾听，但对于勤奋努力的作家来，这些场合提供了源源不断的灵感和大量与其他写作专业人士当面交流的机会。

写作营。想一想，作家们的夏令营没有湖泳或篝火合唱（也并不是总没有篝火）。写作营可以短至在小木屋或民宿度过一个周末，也可以长至在大学宿舍或艺术家驻地度过几个星期。写作营建立在亲密互动的基础上：写作研讨会、一对一指导、公共读书会、个人写作时间，甚至安排好社交活动。有专为诗人、回忆录作家、小说家及青少年作家和言情作家设计的写作营。还有专为女性、家长、性少数作家和残障作家设计的写作营。像"面包条"①和"希瓦尼"②这样的著名写作营拥有知名的教员，招生条件极高，学费要几千美元。但同时很多地方性的疗养营教员素质也不错，价格相对低廉（例如佛蒙特州的"绿山作家研讨会"③提供为期5天的研讨，费用约为"面包条"每日收费的1/3）。任何一家写作营都将提供结识其他作家的机会和对具体项目的反馈。

驻地计划。驻地给予作家一个私密、安静的工作空间，让他们在没有日常干扰的情况下进行创作。有些驻地很短暂（仅仅几天），而有些可以长达数月。有些驻地提供热餐、千兆流量和夜间活动，而另一些则只提供一个位于树林中心的太阳能小屋。有些驻地给津贴和奖学金，另一些则完全免费，但入选竞争激烈。一些驻地会要求承担少量的教学任务或公开朗读，有些则完全让作家自由发挥。写作研讨会和写作营旨在通过写作社区中交流互动、交友、开拓思路以及获得有益反馈来激发创作活力，而驻地则只强调一件事——空白的页面，给你时间填满它。

---

① 即 Bread Loaf。
② 即 Sewanee。
③ 即 Green Mountain Writer Conference。

哪个最好

在理想的世界，我们可以随时获得写作驻地的机会，偶尔参加写作营以获得反馈。然后参加研讨会，向那些渴望下一部佳作的编辑和出版商投稿，交出耀眼夺目的作品。

但不幸的是，我们都受时间和金钱的限制，因此必须进行选择和取舍。

据博主贾森·布瑞克的说法，写作研讨会、写作营或驻地计划没有好坏之分，写作者要选择适合自己的来参加。究竟哪一个适合自己？这很大程度上取决于写作者正从事的项目。"当你的项目需要仔细推敲时，参加写作研讨会不合适。"布瑞克写道，"如果你需要的是研讨会，那么花时间和金钱参加写作营也不合适。无事可写却出现在驻地计划，或该利用这周末努力写出小说的下一章，却在写作研讨会上耗钱耗时，这都不是明智的做法。"我喜欢布瑞克的看法，但我的问题稍有不同，我想问："现在的写作最需要什么？"

如果我们需要被介绍到更大的写作社区，从许多作家的谈话中获得灵感，那么参加写作研讨可能会是正确的选择（尤其如果我们喜爱在一大群人中闲聊）。如果我们需要的是一对一指导和与其他作家共同工作带来的协同效应，那么写作营可能更合适。而如果我们只是需要一些时间和空间来写作，就没必

要参加写作研讨会和写作营,而应该报名参加一个驻地写作计划,跳过大部分社交活动,专注于写作。(图5)

做出合适的选择

《诗人与作家》杂志和AWP都整理了最新的、易于搜索的广泛数据库,几乎涵盖英语世界以及其他地区所有的写作研讨会、写作营和驻地项目。可以根据体裁、地区和活动类型进行筛选,列表中包括简要介绍、联系链接和资金信息。

此外还可以与导师和其他作家交流。他们很可能对当地的活动了如指掌,甚至有联系。任何曾参加过写作研讨会、写作营或驻地项目的作家都可能对推荐哪些活动,以及要避开哪些活动有自己的看法。

找到合适的活动需要做点研究。除费用、日程安排等实际问题外,还要好好想想是否适合自己。对于研讨会和写作营,旅行作家唐·乔治建议我们,"谷歌搜索将会在研讨会上亮相的作家、编辑和经纪人,了解他们的作品、编辑出版物及代理的作家类型"。这不仅有助于缩小范围,且据乔治的说法,当我们真正与研究过的人见面时,将有所准备:"作家、编辑和经纪人真的很欣赏那些交谈时已经了解过他们作品的学生。"

不要把名人导师看得过重。考特尼·茂说:"对大人物有一点要注意,他们已经很累了。这是他们今年参与教学的第

第五章 参与研讨会、写作营或驻地计划

写作研讨会、写作营、还是驻地计划

"身处其他作家的包围中令人振奋——那种充满能量、希望和决心的氛围犹如空气中弥漫的电流。"

——史蒂文·斯帕茨

我的写作生活最需要什么?

写作研讨会:

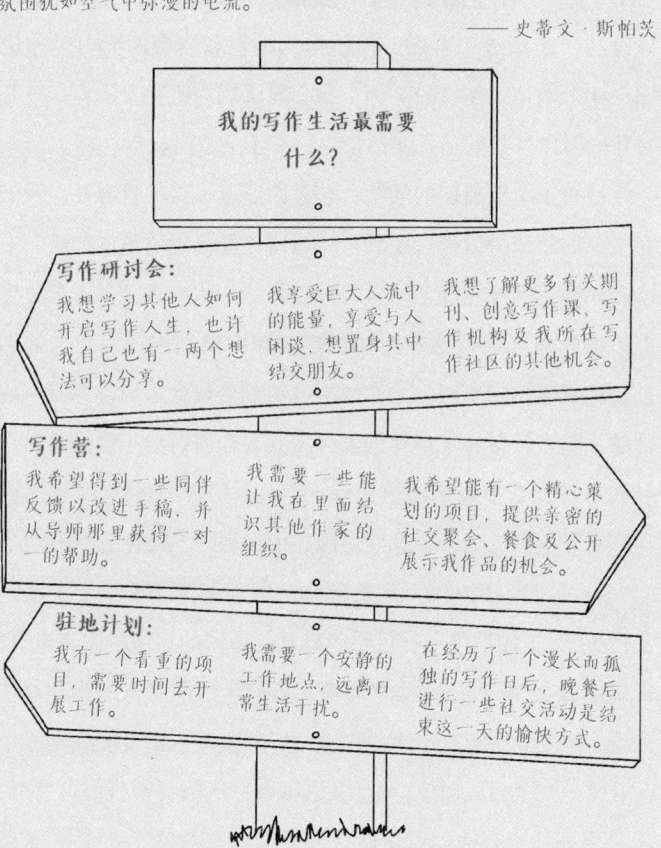

我想学习其他人如何开启写作人生,也许我自己也有一两个想法可以分享。

我享受巨大人流中的能量,享受与人闲谈,想置身其中结交朋友。

我想了解更多有关期刊、创意写作课、写作机构及我所在写作社区的其他机会。

写作营:

我希望得到一些同伴反馈以改进手稿,并从导师那里获得一对一的帮助。

我需要一些能让我在里面结识其他作家的组织。

我希望能有一个精心策划的项目,提供亲密的社交聚会、餐食及公开展示我作品的机会。

驻地计划:

我有一个看重的项目,需要时间去开展工作。

我需要一个安静的工作地点,远离日常生活干扰。

在经历了一个漫长而孤独的写作日后,晚餐后进行一些社交活动是结束这一天的愉快方式。

图 5 写作研讨会、写作营还是驻地计划,史蒂文·斯帕茨,"每位作家至少都该参加一次研讨会",《书婴》,2022 年 3 月 1 日。

111次文学会议。有时加入一个老师不如一个有名的工作坊效果更好。"茂建议做一些在线调查，找出谁曾与潜在的导师一起学习过。"在脸书上当一个发信息狂人，私信给完全不认识的陌生人，问他们的工作坊体验如何。"一位对我帮助巨大的导师从未出版过一本书，但她作为编辑和读者的能力无与伦比，如果她是工作坊的老师，我会向认识的所有人推荐。毕竟对我们写作有益的是扎实的指导，而不是攀附权贵。

还有一个更迫切的问题：超越职业或审美的兼容性。我们在之前的章节中讨论过了，写作社区往往聚集的是白皮肤、中产、异性恋和身体健全的人，对于那些在传统意义上属于边缘群体的作家来说，这些活动可能会加剧他们被视为异类的感觉，抑或强化归属感。一个解决办法是寻找为边缘群体发声的活动。除了针对特定群体的写作营和写作研讨会（参见第四章寻找身份背景相似导师的支持，了解一些赞助机构），许多面向广大参与者的项目在其使命陈述中都列出多元化的原则。

可是诗人桑德拉·比斯利说，口头上讲多元不等于实际支持多元。"如果一个项目明确鼓励你所属的边缘群体来申请，得仔细看看原因"，比斯利写道，可能该组织"真的欢迎这些人群，希望向更多人传达这个信息"，或者他们可能只是在多元化那一栏打了一个勾。如果是后者，比斯利警告说："你可能会感到孤立或他们只是做做样子，想要去教育一下。"希望了解更多特定项目的包容性实践，就请直接联系该组织，或最好与之前的参与者交流（在项目网站上寻找提到的人名，或向项目经理索取一些联系方式）。考虑到社区支持会导向非凡的写作人生，值得花时间寻觅合适的机会。

完成申请

每项活动都会在自己的网站上列出申请要求，简要说明一些基本信息。

会议演讲提案。参加会议时，只需支付注册费然后出席即可，但许多会议希望与会者演讲，这通常要求某种形式的提案。专题可能涉及文学公民身份、市场营销、技艺、理论、批评和教育各方面。

一些会议要求个人提交论文摘要，然后与其他3~5份提案合并，组成不同的专题讨论。其他一些会议要求申请人先自行组成小组，接着共同提出一个专题。例如西部文学协会会议接受的创意写作提案由4个15分钟的演讲组成，另附一个150~200字的摘要。AWP会议要求提供500字的活动描述和500字的优势陈述。NonfictioNow是一个国际性的会议，将其理想的专题描述为"一个生动、思辨、好玩、交互式的活动，绝不像阅读一系列的个人论文"。

许多会议在策划议程时考虑到多元和包容性。据官网介绍，AWP希望提案中的专题成员在背景、愿景、归属和年龄等方面多元化，而 NonfictioNow 组织的专题活动成员背景丰富，反映出会议的包容性和国际性。专题没有对配额或多样性特别要求，但正如 AWP 在其专题提案指南中所述，"一个展现跨学科互动、跨年代合作和多元化的活动，可能会吸引到更多的观众，并为所涉及的问题提供匹配的生动分析"。对专题提案更具体的建议，最好参照各组织的提案指南，并与之前的与会者进行交流。

写作营与驻地计划。 无论是以工作坊为主的写作营还是在树林中独自进行的驻地计划，大多数项目都会要求提供写作样本和简短的意向信。组织者希望了解作家的作品进展如何，以及能否充分利用他们提供的时间、空间和资源。

写作样本。 这个样本不仅应突出我们写句子的本事，还要展现深入思考和参与讨论重要观点的能力。如果字数限制在一页，写得少总是比多好。如果很难决定投递哪个样本，不妨请朋友或导师审阅备选的手稿。

意向信。 我们的目标应该明确具体。如果希望完成 1 万字的第一章节，修改整个手稿，或得到一系列诗歌的反馈意见，我们应该从一开始就表明这一点。但意向信并不是合同。活动组织者知道计划会变。写意向信是为了展示我们对自己的工作有清晰思考，清楚该如何安排时间。

准备旅程

一旦我们决定参加一项活动,申请并被接受,那么真正的工作就开始了。为了充分利用花费的时间和金钱,需要考虑几个原则。

设立目标

无论是在拥有 13000 名作家的会议中心过一个周末,还是独自在佛蒙特州的小木屋里待一个月,设定目标都可以让我们最大限度地利用时间。

像 AWP 这样的会议,我们的目标可能定在获取信息、想法或结识朋友上。在我的研究生学生出发参会之前,我给他们立了 3 个有挑战性的目标:结识至少 3 位作家,了解感兴趣的文学市场新动向,还要带着 20 个新想法回来。有了这样的目标,我们更明确要参加哪些专题讨论会,哪些可以跳过,需要跟遇到的哪些人建立关系。

在写作营中,目标集中在灵感和与人交往上(一定要带笔记本随时记录,并花时间在社交媒体与他人保持联系),但鉴于工作坊和写作时间的重要性,我们应该对手稿抱有某种目标。如果写作营只持续几天,我们可能会带上一些需要修改的稿子。如果有一两个星期，也许可以计划从零开始写作。了解我们要什么，将使写作时间更有效，使写作更好地发挥作用。

在驻地计划中，申请一般需要准备一个具体的计划。但在现场实施这些计划，需要设立每日目标。我们可以定下字数或页数目标、具体的时间目标。我们也可以设定阅读目标、研究目标，甚至练习目标——任何有助于我们更充分地投入到写作中的目标。如果驻地计划每周提供开放麦之夜或其他分享作品的机会，可以考虑将这些活动转化为弹性截止日期，准备好可以朗读的作品。

设立简单的在线状态

一些作家仍使用名片，但现在更常见的是互换电子邮件，并导向在线作品集。朱莉·齐戈里斯写道："如果你有一个网站，一定要更新。"她还建议更新所有社交媒体账户，甚至在谷歌上搜自己的名字看看有什么结果。拥有一个简单、职业的在线状态就像洗澡和刷牙一样重要。

但行动之前要慎重考虑。一个作家的网站应易于导航、易于维护、经济实惠。可将作家网站看作一张数字名片。列出联系信息、照片和简短的个人简介，以及一些作品样本的链接。除此以外，谨慎对待博客或其他需要维护的内容。动态内容理论上能帮助我们的网站吸引流量，但更新所有内容会花费许多时间。我们只应关注那些对实现写作目标有帮助的网页内容。

走出舒适区

第一次参加的感觉可能有点像闯入别人的中学同学聚会。大家相互都认识,但如果不愿主动介绍自己,便很容易在人群中蒸发。"不是说你必须成天过派对生活,"鲍勃·霍斯特勒讲,"你只需努力一点点,主动介绍自己,然后开始交谈,提出问题。"问他们正在做什么、在读什么,了解他们喜爱的活动。聊聊写作生活,惺惺相惜。如果与往常相比我们多向一个人主动攀谈,便是一个不错的开始。多两个当然更好了。

考虑参加志愿者活动

大多数写作研讨会、写作营和驻地活动都由非营利组织、教育机构或艺术中心运营,许多活动都很依赖志愿者的工作。有些甚至会为志愿者提供折扣或其他福利作为回报。但凯茜·C.霍尔写道,参与志愿者活动的真正原因是"你会遇到其他人"。无论我们是帮忙提供食物、注册,还是引座,都一定会与其他志愿者一起工作,这是交友的好机会。霍尔说:"志愿者工作将使你置身会议内部,而非坐在一边旁观。"

结交朋友而不是泛泛之交

新作家除了会感到孤独之外,通常也很渴望与职业人士建立联系。但我们不能让这种渴望将交际变为投机的速配:匆匆闲聊,以确定这人对我们是否有用,如果没有就马上离开。会议上这可能体现为频繁查看别人的胸牌("我听说过这人吗"),或目光越过他人的肩膀寻找更有趣的人。写作营上可能更微妙——我们也许会把所有时间都花在与教员的交谈上,不与其他参与者交谈,只因为觉得从别人那儿得不到什么好处,所以选择独处。而自由撰稿人约翰·佩拉金实践了一种利他的方法:"当我在写作活动中遇到某人时,我会听他们讲,思考我能提供什么帮助。"对于佩拉金来说,社交活动是"了解对方的过程。如果你主导对话,将无法做到这一点……给别人敞开自己的机会,最终他们会转过来主动问你"。

布莱恩·克莱姆斯提醒我们,在结识朋友之后,下一步是跟进,"回家后,发送一封简短的'很高兴认识你'的邮件,然后与你认识的作家保持联系"。我唯一要告诫的是,跟进应该自然而然。如果我们有事要问,对某人愉快的交谈或建议表示感谢,或表达进一步合作的兴趣,那就发邮件。如果编辑或经纪人请我们向他们提交作品,最好把这当成首要任务。但单纯"维持人脉"的邮件可能会让人感到更加疏远。

第五章 参与研讨会、写作营或驻地计划

参加专题讨论会或其他项目,但别去得太频繁

这条建议来自诗人李奇·史密斯,他几年前就写到参加会议的"游击式方法":在附近酒吧踩点、偷偷溜进书展以及跳过一些专题。他写道:"有些专题讨论非常好,但大多只是为了在简历上做做样子而填写的空洞活动。"我自己写过一些类似的专题展示稿,而且也作为观众参加过10多个很棒的专题讨论,所以要对史密斯夸大的言论持保留意见,但他也有一定道理。如果我们只参加预先安排的活动,就会错过讨论会一半的魅力。史密斯建议参加那些在酒吧免费举行、对公众开放,并且"聚集了新秀和老手"的非官方活动。史密斯认为最好的一点是:"你可以中途离开,也不会招致整个会场的侧目。"

除了史密斯会外活动的建议,我还想推荐大家去探索城市。沿着海滨散步,参观博物馆或公园,甚至可以看场演出。在安静的咖啡馆、书店或图书馆里花上一小时。充分利用出门在外的时间,沉浸在新城市的灵感之中。

如果你正在写一本书,做好投稿的准备

参加写作活动是获得编辑和经纪人关注的绝佳机会,如果我们准备好自荐一本书,应该一下子就投出去。试着用一

两个句子概括这本书。务必回答两个重要问题：这本书写什么？为什么会有人想读它？不必为细节忧虑，只需考虑大局和紧迫的问题。想象知名作家怎样投出书稿或许有所启发。我们怎样用一两个令人着迷的句子描述海伦·麦克唐纳的《我与雄鹰》或科尔森·怀特黑德的《地下铁路》？接下来，一旦我们有了言之有物的一两个句子，凯瑞·弗拉纳根建议就应练习自荐语，"使它以更贴近日常对话的方式呈现"。她建议在家人或朋友面前练习，获得一些反馈，了解每个人喜欢和不喜欢的点。然后将相关意见融入其中，多加练习，相信自己已经准备好启程了。

别过度操劳

参加会议和写作营活动会消耗体能和情绪。出行意味着比平时走更多的路，增加聆听、做笔记、与陌生人交谈、看表演等心理上的消耗。长时间处于紧张状态会产生负面影响。朱莉·齐格里斯说："在所有活动和专题讨论之间很难有休息时间，别想着每项活动都参加——一定要休息。"我们要允许自己离开人群，找到补充能量的方法。许多作家都厌恶深夜的酒吧交谈，这不是必须的，至少不必每晚都参加。我们应该选择真正有益的活动，学会在必要时说"不"。

第五章 参与研讨会、写作营或驻地计划

做好预算

挂靠在大学名下的作家,无论是研究生还是教职员工,通常可以得到某种形式的赞助以支付研讨会或写作营的费用,但并非参与有意义的活动就一定要与学校产生关联。如果不是本地活动,那么主要的花费常常是机票和住宿。如果开车能到会场,考虑与其他作家拼车以节省费用。也可以与人在爱彼迎、酒店拼房,或住青年旅社,但如果我们真的感到经济困难,可以使用沙发客这样的服务来省钱(自行承担风险)。

我已经试遍了以上方法。虽然住在会议所在的酒店有补贴,但更具新意的住宿方式往往会激发出更好的故事(有时间问问我或帕特里克·麦登,在亚利桑那州弗拉格斯塔夫市有一家爱彼迎,浴室的门装得像酒吧的一样)。一些会议和写作营会根据需求或特长为志愿者提供折扣或奖金。而大多数情况下,吃的都挺便宜——买三明治当早餐,唐恩都乐和赛百味当晚餐(不过我建议至少留一点现金用于与新朋友或未来的合作伙伴坐下来共进一顿晚餐,用餐时的交流无价)。如果无法参加大型的国家级活动,那么就去更容易的,以花费较少的当地活动开始,或将会议行程与度假结合,充分利用旅行预算。

参加写作研讨会、写作营或驻地活动能帮我们在写作中迈出重要的一步,但当我们外出结识新朋友时,却很难有时间写书。如果把这些活动看得太重，最后就会发现朋友很多，写作成果却很少。总的来说，这些活动能给我们带来哪些好处、不能带来哪些好处，最好对期望值进行适度调整，并考虑其他替代方案。

比方说，如果完全没法参加正式的写作营活动，就不如自己创造一个。在附近的镇上预订一个酒店房间，甚至周六让自己蛰居图书馆，这样就有很多时间写作了。如果我们能说服一位同样渴望专注写作的朋友加入，那就再好不过了。我参与运营的一个项目，里面的硕士生最近在某人的家庭小屋举办了他们自己的冬季写作营。大家共同出钱买食物，在山里过一个周末以沉浸到他们的项目中，偶尔也出门玩玩雪。

写作顾问凯茜·马扎克认为，临时写作营的基本要素包括：（1）改变我们的物理空间（"可以去公共图书馆、酒店大堂，或附近的咖啡店"）；（2）制订生活计划（请人照看宠物或孩子，想好用餐方案）；（3）实施一定的节奏。马扎克为一位客户简单规划了她自己的写作营："写作→散步→用餐→写作→散步→用餐。这位客户会连续写一小时或一个半小时，然后散步三十分钟。接着吃点心或用餐，然后开始循环。"即使我们没有多余的钱，但只要稍加创新，就可以在忙碌的日程中为写作挤出一些空间，得到提升。

最后，如果我们不能达到所有目标，也不必苛责自己。在玛丽莎·莫希的第一次写作营中，她记得因自己患有冒名顶替综合征①而不知所措。她说:"因为连续的时间很难得,所以我觉得应当把待在写作营的日子用于写一部伟大的美国小说。"然而她花了很多时间,却觉得自己没有资格写任何东西。"不要浪费时间担心自己的创作是在浪费时间。"她说,要做的只是"开始打字"。对于其他活动,我们也可以考虑类似的建议。很有可能我们最终会坐在一个毫无用处的专题讨论会上,漫无目的地在书展上游荡,或一个下午都盯着办公桌上的木纹看,没有任何成就。放松一下没关系,总之要善待自己,记笔记,享受乐趣,觉得自己能行。即使进展不顺,也不会一无是处。

---

① 患有冒名顶替综合征的人无法将成功归功于自己的能力,担心有朝一日会被识破自己名不副实。此种症状是否属于精神疾患尚无定论。

第六章

完成项目

第六章 完成项目

新冠疫情刚开始的时候，一些作家喜欢在社交媒体上提醒大家，莎士比亚在瘟疫中写了《李尔王》，牛顿在封锁期间对微积分的研究取得重大成果。这些帖子似乎在说："别找借口！别让疫情妨碍你写作。"也有人持反对意见：你早餐当然有冰淇淋吃，但为了参加 Zoom 会议[1]还得套上裤子。哎，真麻烦！尽管前一种态度透露出某种特权的味道（莎士比亚和牛顿不必照看孩子，还有人给他们做饭），但后者则有降低标准的风险，无法让我们取得成就（穿裤子真的值得赞美吗）。单独采取哪一种态度都不好，但两者结合起来却揭示了写作生活的两个真理：首先，任何作家想完成一个项目，都必须面对生活中的其他需求——工作、家庭、健康问题，偶尔出现的全球大流行病；其次，由于要处理这些其他需求，在生活被打乱时请原谅自己。

也许我们在写作工作坊里，离截止日期只剩几个星期了；也许我们正攻读研究生，在考虑怎么写课程论文或学位论文；也许我们全职上班，只有晚上和周末才有空写小说，但卡在了第五章。无论写作项目是大还是小、是简单还是复杂，只有动笔开始写才会有进展。要坚持在键盘前工作，还要结合一些实

---

[1] 多人手机云视频会议。

用的项目管理技巧和基本构思策略，我们可以充分利用键盘时间，从而更有效地达到写作目标。

优先处理工作

在写第一部小说《我脑袋中的疯子》时，安贾姆·哈桑发现作家"真正的工作"不仅要以自己的方式感知、进入到一个故事，还要每天都有纪律地投入到项目中，即使有时并不想写作。她向我介绍一个乌尔语/阿拉伯语词"riyaaz"，意思类似于"规律地练习"。哈桑解释："这意味着将练习本身作为一种生活方式。"哈桑发现——每个作家都必须自己去发现——写作不仅仅是有话要说，还要"让自己的身体坐到那把椅子上，让手指在键盘上移动，强迫自己读写下的内容，每天都努力寻找一个可以继续编织的线索"。

那么我们如何做到这一点呢？设立明确、可行、可衡量的目标和截止日期。努力达成目标，截止日期前交稿，在取得进展时奖励自己。这些原则就几句话，写下来容易，但是实施起来却需要艰辛的努力。

设定目标和截止日期

编剧汤姆·普罗沃斯特认为，最难的是找到写作的时

第六章 完成项目

间:"人们很容易把写作放到待办清单的最后一项,所以写作常常被搁置。"他建议设立与写作直接相关的可衡量的目标——如果刚开始写作,一天写一页。他说:"每个作家都必须找到最适合自己的方法。"比如诗人通常对页数或字数不太在意,因此目标以时间为基准可能更好。无论保证每天写一页还是写一个小时,待办清单上将目标置顶,以便取得真正的进展。

怎样设立目标更好?确定一个截止日期。"将截止日期记在心中会使你专注。"全国小说写作月[①]的创始人克里斯·贝蒂写道。他将截止日期视为"热情的牧羊人,善于捕捉我们想象力翅膀上的微小灵感,并将它们投射到明亮的日光中"。考虑下目标和截止日期的作用,如何将以下的写作愿望化为现实:

愿望	定期目标	截止日期
写出1部小说	每天写3个小时	11月(完成初稿)
发表1首诗	每月写1首诗	5月1日(向《新英格兰评论》投4首诗)
写散文评论	每天写500字	下周五(与自己的写作小组分享)

---

① 即 National Novel Writing Month,美国的一个非营利组织,旨在促进创意写作的发展,每年在11月举办活动。

目标加截止日期能够发挥魔力有两个原因：首先我们设了一个定期的目标，相比没有目标，往往会产出更多；其次由于要努力卡截止日期，我们完成项目的可能性更大。即使错过了截止日期，它也可以作为一个项目管理的检查点。在此基础上，我们重新评估，重新投入目标，继续向前推进。

建立一套规律的作息

如果我们制订一个将写作融于生活的固定时间表，目标将更容易实现。小说家村上春树以规律的日常作息闻名。"我每天早晨4点起床，工作5到6小时，"2004年他告诉《巴黎评论》，"下午我跑步10公里或游泳1500米（有时两样都做），然后看会儿书，听听音乐。"他每晚9点上床睡觉，日复一日，连续数月都重复这个时间表。村上春树表示，这样的生活规律需要"强大的精神和体力"。他说："写小说就像求生训练，体力与艺术敏感同等重要。"

规律作息对短一些的项目也有所裨益。诗人金伯利·约翰逊在奔跑中写作，是真的在奔跑。"我写诗时，如果每天写一行，就会兴奋得像着了火。我不认为将三五个词印在脑中，然后重新排列、替换、扩展和擦除是种负担，因为让一行诗成形不得不这么做。"她经常傍晚在盐湖城糖厂社区的街道奔跑。这种在街区跑来跑去的写作方式不仅仅是出于方便。"我写作的过程很特别，长处是能够将注意力聚焦到模式上。"她解释，"呼吸和脚步的节奏能让我敏锐地感知身体，注意到那一行诗的重复——韵律模式、元音和辅音的重复、短语与停顿之间的关系。"

旧金山大学的教授希尔斯廷·陈鼓励学生，制订的目标应适合自己的生活节奏。比方说，一个夜猫子不该追求早起，这不切实际。"作家不要抵触自己的天性，顺应它们，尽量以自己偏好的工作方式安排生活。"并且即使日常作息发生变化也没关系。实际上改变日常作息也很有必要。"有时久坐会导致肌肉退化"，诗人迈克尔·莱弗斯说，"得做点什么来强迫我们走出舒适区。"莱弗斯每月都会关掉一回电脑，只用纸和笔来完成所有的写作，因为当他只用笔和纸时，"一些不同寻常的事情会发生"。"尽管固定日常作息很重要，但一些策略性的变动能让我们保持灵活度。"

也许今天的工作可能根本不是固定作息的一部分。当诗人艾琳·拉腊·席尔瓦开始认真写作时，无论是她的工作安排，还是在家的时间，都留不出多余的空闲给她创作。"我知道要随身带一个作文本。知道要在公交车上，在药店或杂货店排队等待时，在工作休息时分和午餐时间，在深夜，在一天中的每一个间隙写作。"她最终得出结论，自己完全可以挤出写作的时间，而不必占用生活的其余部分。席尔瓦给了自己休息的时间，放飞思绪的时间，甚至什么都不做的时间。"说到底，这与纪律或时间管理无关，"席尔瓦说，"有关的是保护好你的精力，善待自己。"我们找到适合自己的方法最重要，坚持下去直到它不再管用。然后寻找另一种方法继续前行，洗涤、冲刷、重复。

做一个负责任的人

定下目标和日常作息后，我们只有照着执行才能让它们发挥作用。如果我们向某人汇报自己的进展，会容易些。也可以只是简单地在日记中向自己报告（今天我写了500字），但以某种形式公开报告也许会使我们更为诚实。自由撰稿人托尼亚·阿巴里在生活中总是立下目标，并且每天、每周以及每个季度末都会回顾。但真正让目标发挥作用的是她的责任伙伴。新冠疫流行期间，阿巴里参加了几次线上写作会议，在这些会议上，她和写作伙伴一起登录Zoom在线写作。她说："我的写作伙伴是那些可以开放谈论如何设定目标的人。我们总是相互交流，切磋如何更好地实现目标。"

我刚开始当教授时，与一位同事交换了目标，我们每月见一次面交流。后来我开始在办公室外张贴一个词数目标，并配合一个量化的图表，我每天都可以填写自己的进展状况。这不仅仅是一份报告，更像一种（稍微有些俗套的）公开噱头，用来保持自己的诚实。同事可能会看到那张图表并问起我的进展，这最能激励我前进。（图6）

第六章 完成项目

要不要滚动浏览社交媒体

"我们用机器创造音乐,用机器旅行——很快我们将拥有会思考的机器。艺术没有捷径。"

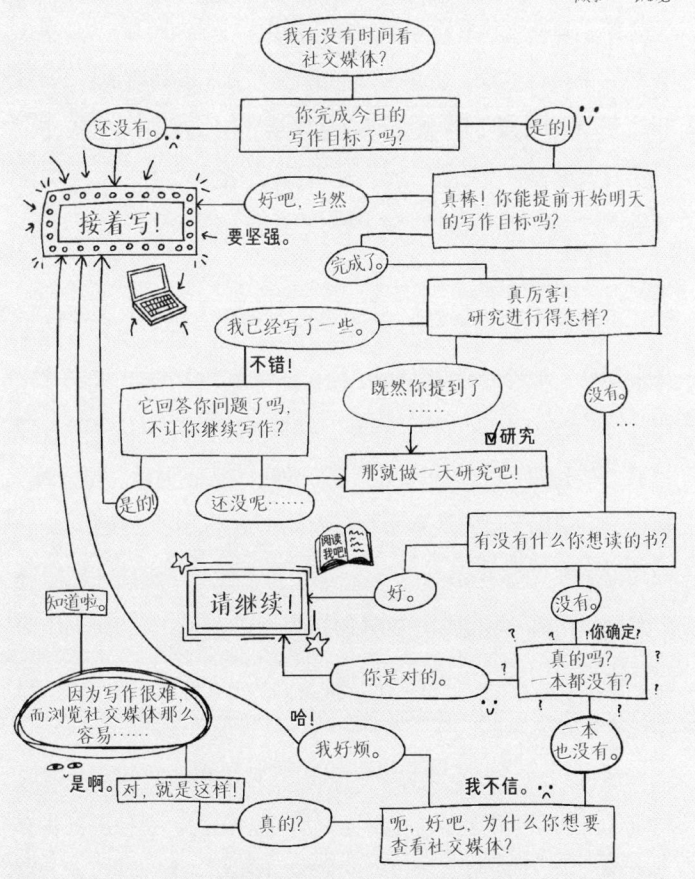

——薇拉·凯瑟

图6 要不要滚动浏览社交媒体,薇拉·凯瑟,"各州法律限制太多",《林肯晚报》,1921年10月31日。

奖励自己

如果我们想让有规律的日常作息更容易坚持下去,必须在平时给予自己奖励。青少年小说家安·迪·埃利斯说:"如果我写了1000个单词,就允许自己听有声书,到花园里工作。"她还有其他很多奖励方式:去徒步旅行,暂停工作,看一集网飞短剧,甚至简单到吃一顿午餐。"我设定微小的目标和奖赏,使自己不断前行。"

如果我们真的想让日常变为长期习惯,就必须在奖励上更加精确,从神经科学的角度去考虑。行为科学家B.J.福格指出,一切归结于多巴胺,它是一种控制大脑奖励系统的神经递质,帮我们记住哪些行为会带来快乐,从而重复这些行为。然而只有奖励紧随行为而来,我们的大脑才会在行为和奖励之间建立神经化学联系。福格还说:"早上做三个深蹲,然后晚上奖励自己看一场电影,这样的行为是无法重塑你大脑的。深蹲和在电影中获得愉悦,两者间隔太久,身体无法通过多巴胺为两者建立联系。"

福格写道,为了在化学上巩固日常习惯,我们需要即时的奖励。他说:"你必须在行为之后立即庆祝,而且庆祝要有真实感。"这可能听起来很傻,但简单地说一声"是"加上一个拳头挥动就能做到。或者鼓掌,甚至只是微笑也可以。福格的建议中我最喜欢的是:"抬起头,用手臂做一个 V 形。"如果我们每完成一个段落都像进球,每完成一个章节都像演奏交响乐曲最后一个音符,每个"完"字都像舞台剧谢幕,会有什么变化呢?

写作顾问贝克·埃文斯对奖励提出了最后一条重要的建议:"你在写作中付出的努力并不总能用字数来衡量。有时候,短时间高强度的写作可使你的工作进展飞速。而其他的一些日子,你可能要花几个小时才能勉强挤出一个过得去的段落。所以奖励你所投入的努力而非结果。"简单来讲,如果我们设定了每天写两个小时的目标,但只能坚持 30 分钟,请继续吧,在空中比出一个 V 形手势。值得庆祝的是你所付出的努力,不必追求完美。

相信过程

听一些作家描述创作过程,我们可能会误以为他们加入了邪教组织。比如伊恩·蓝金说:"我对所写内容真的没有任何控制。就好像在我写之前那儿有一个尚未见过的形状,然而我开始写小说,这个形状将向我展现它自己。"埃丽卡·桑切斯就她的诗歌也说过类似的话:"我知道这听起来像新新人类的东西,有点神秘,但这些诗歌就是在告诉我它们想要干什么。"斯蒂芬·金写道:"奇思妙想似乎真的是凭空冒出来的,从空荡荡的空中直接飘到你面前。"许多作家都说过类似的话,虽然这听起来确实有点"新新人类,有点神秘",但实际整个创作过程充满人性。乔治·桑德斯告诉我们:"写作的真正体验由无数微小的直觉飞跃而成。"这看起来很玄妙,但其实只是大脑在运行,当我们按一定规律工作时,只不过是在打磨从一个小的飞跃到下一个飞跃所需要的耐心。

所以我们写下一些词,然后暂停。我们写下更多的词,看看到了哪儿。我们停下来,回过头再读。也许我们删掉了一些内容,或者从一个特定的意象或想法联想到一些新的东西,将它们写下来。我们完成当天的工作,第二天早晨重新开始。一个词,一个句子,一天天地前进,寻找精准的语言。"写作应始终是探索性的,"玛丽琳·罗宾逊说,"不要假设你事先就清楚想要表达什么。与语言共舞时,会发现有些东西出现在你想要表达的事物之前,或者之后,或比你想要表达的更为绝对。在写作中,可能会出现一些意料之外的事物,与预想不同。"

以诗人杰里科·布朗为例,他在文化批判方面的著作颇丰,但提笔往往只是为了记下一些自己觉得"像音乐一般吸引人"的声音。他解释说:"我试着将这些声音译成句子,并跟随句子的声音即兴写作。起初我不关心意义的问题。"对布朗来说,相信过程就是追随声音,知道意义最终会出现。

回忆录作家劳伦·凯·约翰逊认为,创作最开始是"努力理解某个事物,思考某个观点,或者仅仅将一堆杂乱的思绪理出形状"。不管她的想法是否已组织好，是否完整或只是部分成形，将这些思想理出形状会为她后面的文章打下基础。她清楚，没有今日混乱的实验，就没有明日精心修改的稿件。

应对创作困境

网上的某些角落流行一种说法：作家的困境没什么大不了。他们认为，如果在项目中停滞不前，要么是因为懒惰，要么是内心脆弱，或者是过于看轻写作，更把它视为一种业余爱好。但即便最严谨和最执着的作家，灵感有时也会消退，怀疑开始滋生，陷入写作低谷。那怎么办呢？没有解救作家困境的灵丹妙药，但可以用一些方法来重新集中注意力、激发创造力，提醒自己为什么要开始写作。

起草一份主题陈述

故事大师罗伯特·麦基建议散文作家将项目压缩为"一个清晰、连贯的句子，以表达故事的意义"。这样的主题陈述可以帮我们明确故事的中心，如果偏离主题线，它会让我们重新回到正确的轨道上。

对许多诗人来说，主题陈述的概念可能与创作实践相悖，但大多数诗人都同意在某个时刻进行反思是有必要的。杰里科·布朗最初关心"事物的声音听起来怎样",之后他会向自己的文本提出几个问题:你是谁?你的个性是什么?你感受如何?为谁发言?你的语气怎样?为何现在说话?是什么导致了你此刻的状态?这些问题帮助布朗从一开始对声音的痴迷转向了对意义的把握,并写出初稿。

考虑写一个大纲

大纲不适用于每个人,但许多作家,尤其是想要管理复杂情节或论证性线索的故事作者,都依赖大纲让写作朝正确的方向前进。A.J. 雅各布斯写道:"我是大纲的忠实粉丝。开始我写一个大纲,然后稍微补充一些细节,接着再写一个更加详细的大纲。句子逐渐形成,标点逐步添加,最终全部转化为一本书。"

布兰登·桑德森是另一个坚持使用大纲的作家。他写道:"如果我脑中没有一个高潮点,就会在故事中迷失。如果我不知道角色应该如何发展,也无法写作。"也就是说,他承认大纲会是支架。桑德森并不用完整、详细的大纲,而是采用他所谓的"地图点"方法。在项目中确定几个关键时刻,将它们作为指导,从一个点写到另一个点,逐渐构建起整个故事。桑德森认为:"在不失去自发性的情况下拥有一些大纲的组织脉络,是一个好方法。"

通过阅读找到出路

短篇小说作家黛西·约翰逊认为,拿起一本书总是有助于克服写作障碍。她说:"我卡壳的时候就会拿起一本书,如果书好,看了几句话之后我就能重新进入状态。"我认为这个"状态"指的是书面精心雕琢文字所展现出的状态。另一位作家精巧构思的启发,为我们自己的作品打下了基础。正如诗人玛吉·史密斯所言:"每天花时间读一些美丽的句子,写作者以此感受到直观的句法、结构和转折感。"

将你的问题变成"故事"

在接受《形象杂志》[①]杂采访时,莱斯利·贾米森回忆起一位曾经是职业滑雪者的学生,他写自己在雪崩中幸存的经历,陷入了困境。这位学生向贾米森抱怨说:"人们老是告诉我,这是他们读过的最无聊的雪崩故事。"贾米森发火了。"我对这个学生说:'这不是问题,而是核心!你其中的一个主题就是,创伤并不总那么超级戏剧化,也并不总是出乎意料。'"贾米森提出一个关键策略——将潜在的劣势化为优势。记不清一次创

[①] 即美国杂志 *Image Journal*。

伤事件中的细节？保留这种困惑好了。正在创作一部有两个主角的小说？那就考虑从两个角度来叙述故事。一首诗的立论或音乐性的进行①是否在熟悉的语言或陈旧的形象中迷失？在打退堂鼓之前仔细望望四周，看那些杂音是否可以发展为自己的音乐。

迎接困难

尽管我们担忧写作的困境，但或许感到"卡壳"并不像想象中那样会成为一个问题。诗人艾琳·拉腊·席尔瓦告诉我："我认为写作就应该是困难的。如果我不写最困难、最脆弱、最令人困惑的事情，我就没有做好自己的工作。"如果我们发现自己在寻找要表达的内容上纠结，那么可能需要清理思维中的蛛网，或者重新聚焦于主题中最核心的部分。我们也许需要写一份大纲或用阅读来摆脱困境，困境本身也许只意味着我们正在从事艰辛而有价值的工作，即说出真实并且至关重要的东西。解决困难的关键也许是允许自己去写那些需要被书写的、艰难的事物。

---

① 原文为 musical progression，音乐上有一个术语叫"和弦进行"（chord progression），所以此处译为"音乐性的进行"，或许指诗歌的音乐性。

深入倾听反馈

如何处理创作写作项目很多时候是个人的事情。我们要有自信，相信自己有值得表达的内容，要勇敢地将这些思绪写出来，用毅力来坚持写作、修改、删减和塑造，直至故事浮现，角色栩栩如生，诗节韵律与意义兼具。虽然个人的努力相当重要，但最优秀的作家也会需要一位坦率、诚实的读者——一个同样热爱语言与思想的伙伴，帮我们摒除感情用事和自我陶醉，指出盲点，并且有时能帮助我们理解真正想要表达的事物。

不过，该向谁寻求帮助呢？莱斯利·威伯里建议我们寻找目标读者：文体、年龄、兴趣甚至性别都是考虑的因素。"如果请一位只喜欢硬科幻小说的读者读你的爱情小说，或者请一位只读爱情小说的读者读你的古典奇幻故事[①]，效果可能都不怎么好。"然而，安·潘凯克表示，"不要低估那些与你审美不同但颇有见地的读者。"她说，"因为我对风格的把握比对情节更好，所以我可以从那些对情节理解更深而不是对语言细节理解更深的优秀读者身上学到很多东西。"对于希拉·赫蒂来说，

[①] "古典奇幻"也称"高度奇幻"或"史诗奇幻"，是奇幻小说的一种体裁，如《魔戒》《纳尼亚传奇》等。

有必要在早期找好几位读者。"如果你只向一人展示,他讨厌你的作品,而你又信了他的话,或者他喜欢你的作品,你也信了他的话,怎么办?最好把作品发给两到四个人,这样你就可以在他们的反馈中了解初稿的真实情况。"

反馈的时机也很重要。诗人丽莎·奥尔斯坦喜欢在向他人展示作品之前,自己先深入研究。她说:"随着一首诗的进行,它的活力、声音和探索方式很容易被打断,甚至受到惊吓。"她在创作中保护诗歌的创造力和发展空间,"直到它充分地体现出来,不会轻易偏离轨道"。然后她乐意向他人展示,对其进行"删减、重组或其他调整"。同样,萨尔曼·拉什迪也倾向于在向他人展示项目之前,将项目尽可能地向前推进。"这与需要得到他人肯定没有多大关系。"他接着说,"我真正想要的是他们告诉我问题出在哪里……要那些不会阿谀奉承的人告诉我真相。"

当然,我们中的一些人认为真实的反馈可能会让人沮丧。但如果能找到一种客观的方式来应对,伤害就会减轻。塔纳兹·巴泰纳建议我们像看初稿一样看待反馈:"让'反馈'在抽屉里放置几个星期,然后重新拾起,用崭新的眼光阅读。"第一次看批评可能会有点受伤,但巴泰纳表示:"放两周后再看也许更有意义。"

读者众口难调,这样的批评最难处理。安·潘凯克建议:"当你听到人们对同一个问题提出相互矛盾的建议时,想想批

第六章 完成项目

评的来源,听从你的直觉。"也许读者给出不一致的回应是好事,潘凯克说:"两位读者以不同的方式注意到你故事中的同一要素,可能意味着你在那里做得对——制造了不同寻常或出乎意料的效果。"然而矛盾的回应也可能表明读者在文中发现了一个问题点——也许是一句话、一个意象、一段文字或一个场景,需要留意。

有些反馈显然比其他反馈更容易接受。赞美总是好的,毕竟写作很难,但利·舒尔曼告诉我们:"哪怕将你捧上了天,但如果不能帮你进入下一步,这些溢美之词就没有意义。"我们应对所有赞美持保留态度,尤其当它们没有表明该如何改进手稿的时候。但如果的确得到了一个好的建议,请以积极的态度接受,即使只是暂时接受。苏珊·布林写道:"通常学生们会设法只做最小的改动以回应批评。他们像紧紧抓住救生圈一样依恋原稿,只做细微删减。"但艺术不青睐胆怯的人。"大胆一些。打破固有模式,"她建议说,"你有机会创造一些真正特别的作品。"即便一个建议最终没有被采纳,但在修订的时候试一试,或许可以帮我们更清楚地审视自己的作品。

最后斯科特·弗朗西斯提醒我们,不要被反馈吓倒,尤其当这些反馈里面全是批评意见时。"每个人都有自己的看法,"他写道,"关键是这个观点是否具有价值……请记住,虽然其他人经常能指出问题所在,但很少能给出好的解决方案。"最终这些解决方案必须由我们自己逐字逐句来完成。

关于论文和学位论文的几点注意事项

当我抵达俄亥俄州的雅典市,开始硕士第一个学期的学习时,对论文怀有巨大的梦想——我要写一本书。我想,不管怎样,我都要写作,所以何不写一本书呢!管它有没有足够长的故事可分享,更别提如何处理这么大的项目了。我只是想写一本书!书很性感,书能赚钱,书能引起他人注意!

谢天谢地,硕士课程开始仅仅几个星期后,我就意识到,在开始写一本完整的书之前,我还要学习很多有关写作的知识。不是说研究生永远不能将论文或学位论文改编成一本书(德布拉·门罗获弗兰纳里·奥康纳奖的第一本故事集《麻烦之源》就是她的学位论文,未经修订,但这也许只是个特例)。如果我的学生在研究生课程中明确表达出写书的想法,我不会阻拦。但对于大多数学生,完成几个较短的项目通常比把所有写作精力都放在一个长篇上要好。

我告诉学生们把研究生院看作训练场,一个可以尝试新方法、熟悉新形式、成为写作大师的地方。书总会写出来的,但要从行、短语、句子、形象和段落开始。在试着写一本完整的回忆录之前,先掌握打磨文章的基本技巧。在冒险书写小说的曲折和转折之前先咀嚼短篇故事的韵味,在尝试多幕剧之前先写独幕剧,在写一组十四行诗之前先写一首十四行诗。

第六章 完成项目

对于那些希望编出一份有竞争力的写作作品集（以帮助他们进入博士学习或找到第一份学术工作）的学生，专注短期项目有实际方面的考虑。在研究生学习期间，写几部短篇小说、诗歌或论文的学生更有可能完成至少一篇经过精心雕琢、达到出版标准的稿件。如果我们将最好的作品投给文学杂志，除了为未来的研究生申请或找工作准备好一份扎实的写作样本之外，还多了发表的机会，同样为申请增添了额外的竞争优势。相较之下，那些在研究生学习期间将所有时间都用来写一本著作的学生可能最终写完了一篇两百页的论文，其中部分可作为写作作品集的摘录，但这么一个大部头被发表的机会要低得多。而如果他们正在思考几部较短的作品，发表的机会则相对更多。

即使有些学生决定写一部像书那么长的作品，不把作品视为一本书可能更好。"将我的作品定义为'毕业论文'，可以保护刚萌芽的灵感，使初稿免于解释的陷阱，"艺术硕士研究生塔比莎·布兰肯比勒说，"我逐渐确信，说'我的书'是一种诅咒。只要我号称某个项目值得出版，它就会陨落。"我课上的研究生米卡·科曾斯说，毕业论文给了她"一种独特的奢侈"，写出的作品不必直接进入市场。毕业论文的思维方式赋予她更多创造的自由，将项目视为发展写作技巧的工具，进行实验，倾注心血——"冷酷而善变的文学市场很少提供"这种机会。

研究生院论文和学位论文的创作自由吸引了许多作家，除了课程设置和日常安排，还有课程截止日的激励和探索个人写作的时间。此外，在写论文和学位论文的过程中还有两个非常实用、值得详细探讨的点：第一是论文委员会，它不仅提供持续的专业评论，还可能发展出长期的指导关系；第二是阅读清单，由委员会设计的一手和二手文献目录，个性化定制，旨在为学生提供完成项目所需的批判性和创造性框架。选择合适的委员会，建立正确的阅读清单，能让完成论文和学位论文容易许多。

选择一个委员会

典型的论文或学位论文委员会由一位委员会主席和两位读者组成。学生与他们的主席密切合作，共同决定研究项目，主席在写作和修订过程中充当主导师。读者通常在项目的最后阶段加入（有时早期也参与进来），他们补充反馈意见，可能还具备相关的专业知识。例如，我曾与一名研究童年创伤的学生合作，她的委员会由两位创意写作教授和一位创伤研究专家组成。另一位学生写现代童话，她的委员会有三人——短篇小说作家、青少年小说家和民俗学教授。一个博采众长的专家委员会可以给出重要的初步反馈，为项目指明方向。

也许比专业知识更重要的是个人的匹配度。托尼·厄利让

第六章 完成项目

他的学生优先考虑认识的人。"选择你了解的人，与你一起学习过，你清楚他的批评和审美偏好。"他说，"论文答辩已经足够令人紧张了，如果还有陌生人突然冒出来对你加以评判，那简直是雪上加霜。"

在寻找委员会成员时，我们应该清楚自己的诉求。一些教授可能乐意在项目进行的过程中定期给出反馈，而其他人可能更珍惜自己的时间，直到初稿差不多完成才提出意见。尤其当一位教授有点名气，比如为了做访问作家、公众朗读和采访而频繁出差，他们就可能没有太多时间来帮助苦苦挣扎的研究生完成一组诗歌。还要考虑一些实际问题：教授已经辅导了很多人，他有没有多辅导一名学生的时间？教授是否会在我们希望答辩论文的那个学期请假？他是否要退休了？我的一位朋友正在攻读创意非虚构写作的博士学位，两年后，她的委员会主席——学院里唯一的非虚构作家决定退休了。在没有导师的情况下，她只能选择转学或改变写作体裁。不可预料的障碍和挑战在所难免，但在组建委员会之前要做好功课，以便我们把精力集中到写作上，这很重要。

编一个阅读书单

大多数艺术硕士和博士项目会要求学生编一个阅读书单来学习，以反映他们的学术和创作兴趣。有些大学提供精心设计的书目列表，其他的则完全由学生自行选择。然而，所有阅读书单都基于同样的前提：学生们深入思考、博学多识，了解其项目的批判、历史和美学背景后，会写出更好的作品。

学生不应把阅读清单看成一项敷衍的学术任务。正如詹妮弗·埃默森所解释的那样，阅读清单可以是"你成为一名作家的路线图，显示你过去在哪儿，现身处何地"。对埃默森来说，阅读清单是"你敞开心扉迎接成长和改变的宣言"，是"帮你扩展写作技巧和商业知识"的工具。阅读清单完全是个人化的，由我们的兴趣、审美倾向和关心的核心问题所塑造。它是一门独立的学习课程，也是作者和评论家之间亲密对话的方式。

论文或学术论文导师会帮助每位研究生创建一份个性化的阅读书单。我们可以向导师提出一些问题，使过程更加高效：在文学经典中，哪些作品与我的项目最为相关？哪些作品可以作为结构、审美或主题的范本？哪些学者和评论员正在探讨类似的思想？还有哪些我尚未了解的作品和作者？在创建阅读书单时我们最好先问自己这些问题，然后再将书单和问题提交给论文委员会。那么成型的阅读书单将是个性化的参考指南、范本、咨询平台和灵感来源。它会成为我们想要参与的独一无二的对话，也是取得进展的标志。

我刚开始从事创意写作时，想知道自己什么时候才真正配得上"作家"这个称号。我阅读很多也动手写很多，但除了同学没有真正的读者，对自己在做什么也没有清晰的认识。只是简单地写作就能让我成为作家吗？我理智推断，周末去舞厅跳舞并不能让我成为舞者。每天烹饪晚餐也不能让我成为厨师。那么是什么将写作爱好者与真正的作家区分开来呢？或许仅仅说"我今天写作了"，这标准太低，但等到我们发表了作品才称自己为作家，则过于强调外在的力量。我认为，当我们开始创作作品时，就可以称自己为作家了。任何人都可以日复一日地填满笔记本，但作家需付出必要的努力，将他们悄悄的写写记记化为艺术。作家制订目标，保持作息规律，对自己负责，庆祝小小的胜利。作家信任这个过程，克服写作障碍，在途中寻求反馈。我们可能会发表作品，也可能不会。但如果我们致力于成为一名作家，这份工作必然有意义，而且我们会为自己挣来配得上这个称号的资格。

第七章

投稿

第七章 投稿

我记得几年前收到《南方评论》寄来的一封邮件,有关我之前的投稿。《南方评论》是一份享有盛名的文学杂志,自20世纪30年代以来拒绝了许多满怀壮志的写作者。对于那些坚持不懈投稿的人来说,这样的邮件既平常又令人紧张,特别是当它们出现在漫长的等待之后,总是出人意料。接受稿件意味着对我数月写作的肯定,与那么多钦佩的作家登上同一本杂志是一份巨大的荣耀,也是在朋友中炫耀的资本。我也将因此获得一份实际的收入(《南方评论》付稿费给作者)。然而当我打开邮件时,所有不理性的乐观情绪都深深沉入谷底。"亲爱的乔伊·富兰克林,"邮件开头写道,"感谢您为我们投递文章。我们欣赏这篇作品,但认为它不适合《南方评论》。"

被拒很难受,好比遇到飞机颠簸或与新欢外出时撞上前任。神经科学家确实发现我们对被拒绝的反应和对身体疼痛的反应存在相似之处。并且拒绝越针对个人,我们感受到的痛苦就越大。这或许就是为什么作家被拒后往往表现得很差劲,对拒绝的恐惧常会导致项目拖延、修改延迟,最终不能将最精彩的作品寄给杂志、编辑和经纪人。

鉴于出版社和刊物接受的门槛高,投递作品似乎有点冒失,尤其当我们奔着的名望和财富去时(当然,如果我们只图名望和财富，可能就入错行了）。另一方面，如果我们的目标是写出优秀的作品，那么投递作品能帮助我们实现它，而随之而来的任何发表、认可（或金钱）都可看作是愉快的附加福利。

在接下来的章节中我们将讨论，把投递作品纳入写作过程所具有的价值。然后我们将介绍投递作品到各个平台的具体步骤，包括文学杂志、图书出版商、多媒体平台和比赛等。最后我们将探讨自出版的潜在优势和风险，并提出一个论点：尽管亚马逊希望我们相信门槛不再重要，但守门人还是必须有的。

为什么现在投

许多新手作家认为，投稿是作品写完之后的事，认为现在投稿为时尚早。也许把投稿视为写作中的一部分更好——这一步很关键，我们会写出更多的作品，能用更客观的眼光审视它们，面对拒绝的态度会更积极。当然了，与把作品存在电脑文件夹中相比，把作品投出去更令人害怕，但通过投稿我们会成为更优秀的作家，甚至可能会吸引到一两个读者。

写出更多的作品

如果你的写作过程与我相似，你电脑上肯定有一个文件夹，里面存着各种未完成的草稿、半成品和快写完的手稿，而你不知该如何处置它们。如果我们的唯一目标只是写作，那么这个文件夹里累积多少稿件并不重要。但如果我们希望参与文学对话，与朋友和家人之外的其他人交流，就必须找到一种方法来推进手稿。我们保证去投稿，这样就为自己设定了截止日期，所以不能离开座位，不仅要完成初稿，还要进行润色和提炼。

在编写散文集《党羽》（2017 年 5 月由黑劳伦斯出版社出版）的过程中，乔·厄斯特赖希有点挣扎，不确定自己的手稿是否真的准备好要投递。然后他收到了一封邮件，告诉他一个图书比赛的截止日期即将到来，这给了他"迫在眉睫的动力"。他受到激励，将几篇散文润色，填补了一些主题上的空白，到截止日前终于有了一个感觉完整的手稿。厄斯特赖希没有获奖，但参赛让他写完了手稿，并给了他继续投稿所需的信心。他说，如果没有这个比赛，这本书可能仍旧躺在他电脑的文件夹里。

以更客观的眼光看待作品

作为一名作家，培养客观阅读自己作品的能力对我们的发展至关重要。而在心中设想与一位有血有肉的读者一起改初稿，是培养这种客观能力最快的办法。如果我们打算把作品交给一位真实的编辑或经纪人,实施起来会更容易。在写作接近尾声时,散文家杰里科·帕姆斯把注意力放到了读者体验上。"我准备把作品发出去时,总是最后再读一次,注视着我为读者设立的潜在障碍。"帕姆斯说,"我的句子是否干净且目的明确?读者是否能跟随我编织起来的每个线索?我是否过分沉溺语言,也许让还不熟悉我文字的读者产生疏离感?"对帕姆斯来说,自我审视是在手稿中找到她那独特文字的关键步骤——这些文字在她的个人愿景与潜在读者的期望之间达到平衡。

投递作品也可以帮助我们接受一个事实——我们并不总那么了解自己的作品。非虚构作家马修·加文·弗兰克将投稿视为赋予他作品独立性的途径。他说需要"放开对它的束缚……让它四处奔跑,让别人以自己的方式来处理它,以便我真正知道自己做了什么"。弗兰克的心态会减轻我们与他人分享作品的恐惧。不必把投稿看成想要打赢的仗,而将其视为一种虚心的交流——这也许是在承认,如果作品从未受过客观读者的审视,那么写作就很难发挥其艺术潜力。

从被拒绝中学习

小说家安妮·瓦伦特认为被拒绝是"我们创作中非常重要的老师"。从表面上看,被拒绝意味着"一位编辑不采用我们的作品",她说。但接二连三地被拒绝表明其实手稿需要指点。

拒绝还让我们得到其他重要的经验。例如通过被拒绝，我们知道了怎样为手稿选择更合适的出版渠道。通过被拒绝，我们知道了可能要减少文本实验，个性化的声音或论证别那么强。此外，我们还有可能通过被拒绝坚持自己的信念。如瓦伦特所言："经过多年的写作和投稿，我认为作家对什么是好的反馈意见，什么需要修订，以及什么应该保留会有更好的把握。"

至少被拒绝可以帮助我们培养坚韧的心态，甚至激发积极斗志。"如果我足够幸运，被拒绝的情绪会转化为一种气势，"诗人埃丽卡·道森说，"我写的诗相互竞争。"如果道森向一本杂志投了三首诗，其中两首被接受，她会说："我必须让第三首证明它的价值。"通过这种富有想象力的方式，道森将被拒的负面经历转化为积极的轻松体验。被拒绝成了她重新审视作品、倾听其声音并根据自己的标准再次评判的机会。

如何投稿

在过去，作家投递作品的渠道十分有限，出版社主要接受书籍，社区和地区剧院接受剧本，好莱坞制片公司则负责处理电影剧本，杂志、报纸和广播适合较短的作品。当然自出版一直是一种选择，但人们往往认为这不过是以昂贵且虚荣的方式将作品推向世界。在印刷史上，出版很多时候都是一个小规模而且排他的俱乐部，由强大的看门人独裁，他们决定着哪些作品可以进入书店、登上舞台和出现在银幕上。

如今传统的出版渠道还在，传统的看门人也依然存在。但科技（尤其是互联网）让数字媒体呈爆炸式增长，为作家们创造了前所未有的机会与读者建立联系。如果写了一部小说，我们可以将它发送给一位经纪人，他也许会同意帮我们推荐给纽约大型出版社的编辑。我们可以向独立或大学的出版社写信询问投稿，还可以在类似于Patreon[1]、Substack或个人博客这样的公共论坛上发表。我们可以使用亚马逊的自出版平台，或将其分集播放成播客。

写下几首诗后，我们不妨投给文学杂志，但也可以直接在照片墙上发布，为YouTube制作口述视频，或者用活版印刷小批量制作在Etsy上销售。类似的机会也适用于短篇小说、散文、回忆录、戏剧和电影剧本，以及各种多媒体、实验性质、跨界或颠覆形式的写作项目。在互联网时代，能否找到读者取决于我们的努力愿望。

每个出版渠道的审美价值、编辑标准、专业实践和稿费不一样，因此根据我们所写的内容、投稿平台以及身为作家的知名度，投稿工作会有很大差异。虽然网上有各种投稿方式的

---

[1] 总部位于美国旧金山的一家众筹平台，创作人每次推出新作品时可获赞助人的资助。

第七章 投稿

建议，但许多刚开始接触出版过程的作家可能会不知道如何开始。所以我在这里提供一个简要的指南，介绍如何提交不同类型的作品，包括核心要素概览，还推荐几个可靠的在线资源供进一步阅读。

短篇文学作品（诗歌、故事、散文等）

"如果你写小说、诗歌或创意非虚构作品，你会发现按要求提交稿件不仅很常见，而且基本上都是这样的规定。"《作家文摘》的编辑罗伯特·李·布鲁尔解释道。他所谓"按要求提交"就是"碰运气"，我们写了一点东西，希望有人愿意出版它。不管是在《纽约客》发表诗歌还是在社区大学的文学杂志上发表短篇小说，这么说都适用。当然一些鼎鼎大名的出版物会委托知名作家写作，但像我们这些对传统出版感兴趣的人，别无选择，只能努力写下有灵感的项目，然后希望得到一位编辑的支持，认为它有价值。我们可能会发觉这个过程令人沮丧，但也可能获得一些抚慰，因为有些著名的作家也是从为小杂志按要求提交稿件开始的。安东尼·多尔、杰斯敏·沃德、谢丽尔·斯特雷德、杰里科·布朗、斯蒂芬·金和爱丽丝·门罗，仅举几例。

让我们为那些接受投稿的刊物数量感到振奋吧。文学杂志和出版商协会（CLMP）在全球拥有 600 多名成员。抒情诗、科幻短篇故事、独幕喜剧……都有对应的杂志。有的杂志已经存在了几十年，出版了一些世界知名作家的作品。有的则刚刚开办，他们出版的作家你可能都没听说过名字。有的杂志拥有足够的财力给作者支付稿费，有的勉强才能支付印刷成本。每本杂志都有自己的艺术偏好，不可捉摸，这与杂志的编辑团队（通常是志愿者）的性格和心情有关。也就是说，随着编辑的更替，杂志的审美也可能会发生变化，尤其在最初的筛选过程中依赖一批经验相对不足的学生读者轮班。然而优秀的作品往往会脱颖而出，所以我们不妨集中注意力，尽量将作品写到最好，然后努力寻找适合稿件的平台。

首先与教授、导师和其他作家交谈，了解他们通常向哪里投稿。看文集的封底，比如《美国最佳》系列会列出所有入围者的文献目录，以及查阅在线的各种文学杂志排名。这些列表并不是绝对的，但提供了很好的参考，可以判断出优秀的作品在哪里发表。此外，还可以浏览网上最全面的文学杂志数据库。最重要的是，当我们找到感兴趣的杂志时，应该读一些往期的作品来了解它是否适合我们（查阅网站、当地图书馆或JSTOR、ProjectMuse等数据库），甚至考虑订阅（毕竟如果我们想拥有读者，自己也必须是读者）。大多数杂志都会发布一份使命宣言，描述他们感兴趣的作品类型，但通常这些宣言可以归结为两个基本原则：第一，希望发表该杂志能找到的最优秀的作品；第二，希望能够为反映和赞美多元化献上一份力。

第七章 投稿

在所有这些研究中，我们的部分工作是锁定目标出版物，还要学习如何比较。大多数文学杂志都允许作者同时向多个出版物投稿，但如果把诗歌同时发给《纽约客》和本地的社区通讯，意义不大。我写完一部手稿，会一齐发给五个不同的平台，并尽量选择五个我都同样乐意发表的地方。这样如果有一家杂志接收，我不会为错过其他机会而遗憾。

虽然文学杂志出版不像其他一些学术领域那样有统一的排名系统，但我们还是可以粗略地分为三个层次：头部是那些以广告为基础的高档杂志，例如《纽约客》《大西洋月刊》和《哈珀斯》；底部是那些刚刚起步、只有几期刊物的小型出版物，它们很多基于线上，且尚未建立起声誉或读者基础；在中间部分，我们会看到由大学赞助的文学杂志（以及一些独立杂志）充当主体：这些杂志已经很成熟，有足够多的订阅者或充足的机构资金支持，每年能出版几期杂志。这部分有一些杰出的杂志（在文学杂志中通常排前几名），就总体而言，中间部分的任何一家都值得考虑。

确定几家目标出版物之后，检查它们具体的投稿指南，并严格遵循。如果他们限定了字数，一定要遵守。如果要求匿名投稿，我们就在稿中把名字去掉。如果要求使用特定的字体或字号，请照办。如果他们需要一封介绍基本信息的信，我们就写一封短一些的信发过去，要有职业态度。然后我们记录投递作品的平台，如果收到录用通知，便立即联系其他平台，撤回我们的投稿。

在文学杂志平台发表作品的好处是,有相对的艺术自由,对少量热情的读者适度曝光。缺点是很少有杂志能负担得起作者的稿费,而那些付费的一般给的也少。此外竞争也很激烈。一份典型的文学杂志只发表极少投稿(在一些平台甚至低至1%或2%)。一方面这意味着我们即使想在一本不知名的文学杂志上发表作品也很难,另一方面当我们成功发表了作品,可以将其视为相当客观的、衡量进步的标准。

商业出版的文章(自由撰稿)

虽然大多数文学杂志是大学、艺术机构为爱发电的成果,或编辑在闲余时间出于善意而运作,但大型刊物和出版社的目标往往不那么无私——他们为了赚钱。

包括全国知名的品牌,例如《滚石》杂志、《康德纳斯旅行者》杂志和《赫芬顿邮报》,以及地区和商业出版社,依赖广告收入的利基网站。这些刊物的成功取决于其出版了受广大读者欢迎的内容,然后通过卖广告位、订阅、销售单期杂志或商品(T恤、咖啡杯、手提袋等)将读者的关注转化为现金。

商业市场的权衡是,无论是作为固定员工还是自由撰稿人(按字数或文章支付报酬,独立签约),都必须创作编辑认为叫座的内容,出版方也能因此得到报酬。刚入行的作者往往要从

第七章 投稿

自由撰稿开始。

成为自由撰稿人的第一步,是确定自己写作的领域。大多数自由撰稿人会选一个特定的主题来写,例如他们身为小企业主的日常工作,身为父母的生活,旅行中的冒险经历,对园艺或汽车维修等爱好的体验,或个人生活或身份的某个方面。即便自由记者也有自己的报道领域:政治、经济、体育、文化、科技等。实际上任何领域都可以,只要我们能够权威地诠释该主题,或知道该如何采访提供故事的人。

成为自由撰稿人的第二步,是找到与我们兴趣相关的出版物,了解它们的自由撰稿政策。这可能很简单,比如看看我们已经在阅读的刊物,但也可能需要做一些功课。对于像育儿或政治这样常见的兴趣领域,找到自由撰稿的机会也许相对容易,但即使想找刊登冷门趣味的出版物,谷歌搜索也不难。此外,企鹅兰登书屋每年都会出版《作家市场》[1],其中不仅列出大量接受自由撰稿的刊物,还有一些篇幅对自由撰稿在实操层面提供专家的建议。

一旦我们确定了自己感兴趣的领域和目标刊物,就需要找到一个故事。问自己:我潜在的读者关心什么?其他小企业主、父母、旅行的人或爱好者想要了解什么?他们的哪些问题我可以回答?自由撰稿人的首要任务是提出一个出色的故事创

---

[1] 即 *Writer's Market*。

意，这样编辑就不必再费心。当我们提交创意时，希望编辑看过之后会想："就在我这儿出版，完美！"

接下来是如何向编辑提供故事创意。大多数出版物会要求致一封问询信（有时称之为"提案"）——简短介绍故事梗概，描写细节，解释为什么读者会关心这个问题，为什么我们是讲述这个故事的最佳人选。不用说，在商业出版行业，一份优秀的提案极其宝贵（在本章后面我会更详细地介绍如何写提案）。

小说、回忆录和书本长度的非虚构作品

书本长度的创意项目在传统出版领域可以分为两类：非营利出版和商业出版。非营利出版社主要依靠机构资助、拨款和捐款来维持运作，而商业出版社几乎完全依靠书籍销售来支持自己。我们为自己的作品选择哪种模式取决于许多因素：在商业出版社，往往有更多机会通过预付款和版税来赚钱，市场营销预算也更多，因此更有机会接触到潜在读者。但随之而来的是更激烈的竞争和更狭隘的审美，因为后者通常以市场为导向。在非营利出版社，预付款（签订合同时由出版社支付的一次性款项）往往较少，市场营销预算也少。由于市场营销预算有限，我们接触到的潜在读者往往也比较少。然而，在非营利出版社发表作品的作者一般对项目保留更多的艺术控制权。

根据我们选择的方法，要么与文学经纪人合作，要么直接

第七章 投稿

与策划编辑合作。商业出版社几乎完全依赖经纪人帮助他们寻找要出版的书。经纪人接受作者的提案,当他们找到值得信赖的项目时,将同意代表作者及其作品。然后经纪人代表作家帮忙准备和提交项目提案给各个商业出版社。如果出版社买一本书,经纪人将从作者获得的稿费中提取佣金(通常为15%)。

寻找经纪人的方式很多。可以参考创作类似作品的作者,查看他们的网站了解所使用的代理机构。拿起一本最新的企鹅出版社《文学经纪人指南》[1],浏览类似 agentquery.com 和 querytracker.com 这样的网站。与写作导师交谈,注意在诸如《诗人与作家》《作家文摘》和《作家》[2]等行业杂志中寻找经纪人的特稿。每位经纪人都有自己的提交指南以及偏好主题和流派,要研究一下。同时注意别上当受骗。真正的经纪人永远不会收取阅读费用,要求支付编辑服务费用或预付款。

在非营利出版社,合同过程中涉及的金额往往太少,没必要找经纪人介入。不过策划编辑直接接受作者的问询信,当编辑对某个项目感兴趣时,他们会直接与作者协商出版合同。在本章后面,我们将讨论如何向经纪人和策划编辑推荐自己的作品。

---

[1] 即 *Guide to Literary Agents*。
[2] 即 *Poets & Writers, Writer's Digest, The Writer*。

诗集

到目前为止，我们讨论的很多出版书籍的建议对诗人来说其实并没有多大用处。出版社极少接受诗集处女作的提案或推荐。实际上诗歌出版商依赖一个长期的比赛系统来发掘和提升有潜力的诗人。美国有100多项这样的比赛，大多数的运作方式类似。满怀希望的作家提交由手稿组成的诗歌集，缴纳报名费。这些作品先被内部评审筛选，然后交给外部评委选出获奖者。评委通常是有名望的诗人，奖项一般包括一笔适度的现金奖励，作品也会被出版。

根据不同人的观点，这个系统可以被看作一种无耻的敛财行为，缺乏资金的出版机构抓住时机为成千上万的诗人带去虚假的希望，同时推崇一位评论家所称的"委员会共识"审美，炮制出大量千篇一律和平庸的作品。它也可以被视为一种平等的出版方式，鼓励发展中的诗人支持自己所倡导的艺术，并如《贝灵汉评论》的编辑贝利·坎宁安所说，它提供了"一个平等的舞台，让取得更高出版成就的参赛者与你站在同一起跑线上，并将你的作品与敬仰的评委联系起来"。

然而，不管人们对这个系统怎么看，在那些对传统图书出版感兴趣且尚未与出版社建立良好关系（这类关系往往是从出版第一本书开始的）的诗人看来，这通常是最好的选择。想了解更多比赛的信息,请查阅《诗人与作家》杂志的数据库(pw.org)或 AWP 会员专属数据库(awpwriter.prg)。此外还可以与更有经验的诗人交流,听取他们的意见。

戏剧剧本

制作一部独幕舞台剧可能需要一支由演员、导演、服装、布景设计师、灯光、音效专家、化妆师、音乐家组成的队伍,还需要场地、广告商,当然还有观众来填满首演之夜的席位。正如大多数剧作家所知,在从完整的手稿到开幕那夜暗淡下来的舞台灯光,整个过程有许多重要步骤。对于刚开始创作的剧作家来说,这些步骤一般包括参赛、文学节和公开的剧本征集。这些机会也许会给最优秀的投稿作品带来现金奖励、出版、舞台朗读,甚至投入制作的机会。但剧本的打磨或许需要数年,这意味着提交剧本手稿最重要的是耐心和坚持。

比赛与文学节。大多数剧院不会接收未经经纪人推荐的完整剧本,因此初出茅庐的作家最好先将自己的作品投递给比赛和文学节,这些平台往往优先考虑素人作家的新作。剧作家里克里斯蒂娜·汉姆表示:"如果你刚开始当剧作家,并不需要经纪人。"她建议我们投入"创作一系列作品,为自己打造名声",然后"不辞辛劳地将这些作品投给各种比赛"。

地方剧院和艺术机构在美国赞助了数百个大小不一的戏剧比赛和文学节。有些是面向"处女作"的比赛，有些针对学生，有些寻觅本地作家，还有一些针对特定的人群。查阅由美国社区剧院协会和剧作家协会（策划的数据库是很好的起点，两者都列出大量的比赛、文学节和其他投稿机会，为渴望成为剧作家的人提供了各种资源）。

公开剧本征集。只要作家通过合法的文学经纪人参与，许多剧院都会考虑提交的剧本，一些剧院甚至允许缺乏经验的剧作家提交剧本问询信（提案一般包括剧本简介、10～15页的剧本样本、制作历史概况和作者简介）。但这并不意味着剧作家应该把剧本和问询信发给所有会接受的剧院。剧作家要花时间去了解这个行业。"在脸书、LinkedIn、Dramists' Guild和Playwrights' Center等平台加入作家群组，读戏剧杂志和博客……尽可能多去剧院。"玛丽·苏·普赖斯建议道。在研究一些剧院时，看看他们通常上演什么样的节目，制作了哪些剧作家的作品，这个公司有没有特定的使命或关注点，投资新作品的频率如何。随着我们对行业的了解，会清楚剧院与我们是否合拍，然后就可以开始投递作品了。

在线资源。线上有许多门户网站将制片人、导演与剧院、剧作家、演员及其他创意人才连接在一起。其中最著名的是新剧本交流平台 newplayexchange.org，自称"全球最大的当代作家剧本数字图书馆"。另一个是 howlround.com，10多年来一直是"面向戏剧创作者的免费开放平台",以"扩大艺术形式中进步和颠覆性思想的影响","促进不同背景从业者之间的交流"。鉴于这些数据库的民主性质,找到的作品可能质量参差不齐,但每年作家和制片人都在这些网站上建立联系,因此这些数据库已成为戏剧界不可缺少的一部分。

电影剧本

在所有的写作领域,想要出版作品,必须结合才华、纪律、勇气、运气和时机等多种因素,这一点在编剧界尤为明显。部分原因是电视和电影制作需要投入大量的时间、金钱和设备(而编剧很少拥有),另一部分原因是已经有很多作家参与了这个行业(两个大型编剧工会——美国东部编剧工会和美国西部编剧工会的总会员人数超过15000人)。每天都有好坏参半的剧本被售出,制片人每年都会把它们拍成电视节目和电影,所以编剧之梦并不会全然无望。然而这个过程很复杂,在此无法完全讲清楚。但请将这些建议视作入门指南,为那些有志于成为编剧的人提供参考。

寻求帮助。编剧工作几乎总需要与人协作。无论是从教授、试阅读者、写作小组还是付费顾问那里获得帮助,都要他人参与。如果你为获得帮助而支付费用,请确保他们知道自己在做什么。加朗和伦依在《写电影剧本为了趣与利》中警告:

"一个谈论编剧但从未售出剧本的人不是'编剧大师',而是'巡回演讲胡说八道的艺术家'。"

提交优秀的作品。这听起来也许显而易见,但编剧确实是一个激烈竞争的行业。克里斯·德布拉西奥写道:"好莱坞已经有成千上万优秀的剧本在市场上流传了,出自现有编剧之手。"那些想要进入这个行业的人得售出一份顶尖的作品。

(暂时)跳过经纪人。编剧领域的伟大悖论是,经纪人可以帮忙吸引制片人的兴趣,但大多数经纪人不会签下编剧,除非他们感兴趣。而珍妮·维莱特·鲍尔曼建议:"如果我们正在寻找代理人,与经纪人接洽……他们的职责与文学经纪人最为相似,主要帮助你提升技巧和事业。"一些资源如backstage.com(演艺专业人员的职业网站)和sagaftra.org(演员工会组织的官方网站)提供了何时以及如何寻找经纪人的实用信息。

直接向制片人和经纪人询问。许多制片人会接收未经邀请的剧本问询。但宫本研说:"你必须做好功课……最糟糕的就是你将问询信广撒网,发给所有大的制作、管理和经纪公司。"寻找有经验的制作公司,研究他们偏爱的投稿流程,他们应当在你写作的体裁上有着丰富的经验。

完善你的故事梗概。大多数经纪人和制片人希望在所有的自荐中看到故事梗概。据诺姆·克罗尔定义,故事梗概是"用一两个句子总结你的电影,不仅传达出你的主题,还让读者对整个故事产生情感上的共鸣"。例如希区柯克一部知名电影的梗概:"坐在轮椅上的摄影师从公寓窗口偷窥他的邻居,确信其中一人犯了谋杀罪。"故事梗概是自荐剧本快速而有效的方式,但克罗尔指出,这也是一种实用的写作工具。

考虑使用黑名单在线论坛。自 2013 年以来,黑名单在线论坛(blcklst.com)一直广受欢迎,供编剧们分享剧本,接收反馈,吸引制片人和经纪人的关注。进入网站需要支付一笔费用,但根据黑名单成功案例——贾森·黑勒曼的说法,该网站是"那些不在好莱坞内部工作的人打入行业的最佳途径"。

寻找比赛。拿电影剧本奖能让有志于成为编剧的人在过于饱和的市场中获得一席之地。但一切要从参加适合的比赛开始。Filmmarket Hub 的伙伴们建议只参加"给予真正的奖励,没有花里胡哨的其他东西"的比赛。也就是说实际的制片人和经纪人会参与评选,并且奖项足够受认可,有足够多的曝光机会。著名的比赛有 PAGE 国际电影剧本奖、Launch Pad 比赛、Academy Nicholl 奖学金、BlueCat 剧本比赛和 Scriptapalooza 剧本写作比赛等等。

新媒体和自出版

得益于互联网出版平台的爆炸性增长,故事作者、诗人、记者以及其他创作者与读者之间的连接变得更快、更容易。

有像亚马逊 Kindle 自助出版这样的巨头，帮助数百万人出版了自己的电子书。也有众筹网站如 Kickstarter 和 GoFundMe，以及最近兴起的付费平台如 Patreon、Substack 和 Ghost，都为具有商业头脑的创作者开辟了融资的途径。此外，成千上万的纪录片制作者、播客和视频博主，为推特、YouTube、Spotify 等各种社交媒体平台创作，这些都构成了一个美丽的写作新世界。

当然，快速、简便和业余并不总是创作工作的理想因素，我们可以自助出版但并不代表我们应该这么去做。实际上，支持自助出版所提倡的一些优势也可能成为劣势。最终是否要选择以在线或其他的方式自助出版，取决于我们在创业方面的兴趣和销售能力。不仅要推销我们写作的作品，还要推销自己。

首先，自助出版最明显的好处是没有中间人。小说家无须经纪人、无须提案，甚至无须文字编辑。任何有手稿的人都可以在短短 48 小时内将电子书放在亚马逊上销售。同样，诗人可以通过照片墙分享诗行，纪录片导演可以通过 YouTube 上传视频，短篇小说作家可以通过 Patreon 创作小说，记者可以通过 Substack 写新闻简报。很少有什么能够阻碍作家与潜在受众之间的联系。而那些成功的故事——在亚马逊自助出版的人、使用 YouTube 的人、独立记者和其他故事作者通过直接、未经过滤的方式与读者互动，这些平台吞掉他们的作品，再以广

第七章 投稿

告收入或付费阅读予以回报——使自助出版看起来极具魅力。2020 年有一部超级畅销的诗集，是由一个自称"冥想者、作家和演讲家"的人写的，他通过在照片墙上自助发布诗歌开始了写作生涯。

尽管自助出版的前景很有吸引力，但大多数选择这条路的人并没有挣到大钱，甚至无法通过自己出版的作品谋生。而我们在快速得到潜在读者的同时，可能会丢失构建词句的水平和思想深度。罗斯·巴伯在《卫报》上写道："把关人正在拯救你，让你免受自负之害。""当你珍爱的书或文章、诗歌、纪录片、故事被传统出版商拒绝时，你会感到沮丧。但如果你认真对待写作，就应该提高自己的水平。"对类似巴伯的作者来说，写作是学徒的过程，绕过把关人也意味着错过了许多通过批评和拒绝来改进我们作品的机会。

自助出版另一个常被提及的好处是掌控权。小说家既保留了对每一句话的编辑控制权，也保留了对排版、封面设计和营销的控制权。公民记者永远不会面对编辑告诉他们要报道什么新闻、避免报道什么的情况。YouTube 或照片墙上的诗人可以每月发布 1 次，也可以每天发布 10 次，他们可以任意选择薄纱似的透明背景，然后将自己的诗句放上去。

这样的控制意味着除了写作外，还有其他大量的工作要做。正如写作顾问蒂凡尼·霍克所解释的那样："想要在自助出版领域取得成功，你需要耗费与写作同样多的时间和金钱来制作、推广和管理你的书和业务。"并且这个比例可能远远不止50%。一些在亚马逊上最成功的自助出版小说家报告说,他们每天工作10~12个小时,其中90%的时间用于建立业务,只有10%真正用于写作。依赖社交媒体和需要读者支付费用的作者,得不断创作内容,建立人脉,吸引订阅者。伦尼·拉吉茨基是一位科技简讯作者,拥有6.8万订阅粉丝。他将这种压力描述为好像每周都有块巨石在追逐自己。"我发完一篇文章,就会马上问自己:'好吧,下周发什么呢?'"即便拉吉茨基貌似喜欢这种压力,他坚称:"没有什么比这更能激励自己继续写作了。"其实压力是该模式内在的一部分。自助出版要成功,首先得成为一名企业家,其次才是作家。

自助出版的另一个好处是可以直接接触到一批热心的读者粉丝。这一点特别适用于浪漫、奇幻及其他一些题材的读者,他们经常一年能读数十本,非常忠诚。就拿亚马逊的电子订阅服务Kindle Unlimited来说吧,情况就是这样。真正热衷电子书的粉丝会支付月费以获取数百万本书(包括自助出版和其他出版的书籍)的阅读权限,其中有足够多的读者愿意尝试未知、未经验证的作者作品,并会对他们喜爱的作品进行评论和推荐。而亚马逊又会在其网站和定期推送的电子邮件中推广最受欢迎的作品,这使得自助出版作者能够接触到庞大的读者群体。如果没有一个大型出版机构在推广上付出巨大努力,这种成就原本是不可能实现的。

第七章 投稿

自助出版所提供的与读者接触的机会，并不仅限于某个特定类型的作家。过去几年中，各类作家开始为诸如 Patreon、Ghost 和 Substack 等付费平台制作内容，实质上将自己转变成小媒体公司。许多作家，包括知名记者、博主、小说家和网络漫画插画师等，已经利用这些平台将庞大的社交媒体粉丝群转化为付费受众。他们提供简讯、短篇小说、视频聊天、私密论坛和其他仅会员可见的内容，在亲密而个性化的环境中与读者互动，换来读者的订阅费。最成功的作家已经积累了数万名订阅者，从读者那里每月直接获得数千美元的收入。

线上的人气阴晴不定，难以培养和维持。许多选择自助出版的最畅销的小说家，在此之前已是在传统出版领域取得成就的作家。许多通过社交媒体或付费平台培养粉丝群的作家也是如此。他们首先在传统媒体上建立知名度，然后把这些读者转移到付费平台。相较于从头开始建立读者群，用已经存在的读者和社交媒体粉丝变现会容易得多。

我不是为了打击任何以在线或其他方式出书的自助出版人，而是为了清楚地描述其利与弊。自助出版绝对可以成为写作生涯中有益甚至可行的一部分，但这需要我们倾注大量心血来制作和推广自己的作品，为自己建立一个在线形象以扩大影响，这可能会冒一个风险：将写作这门艺术变为另一份工作。

不过对于那些不屈不挠的人来说，自助出版有一些方式可以发挥最大的效用，无论是将即兴诗作上传到 YouTube，小说放在亚马逊上，制作自己的播客，还是简单地在半公开的博客上记录个人对生活的思考。

先试试传统出版

"在你至少用几年的时间来从事写作、投递作品并了解出版业务之前，不要考虑自助出版。"哈罗德·昂德当建议。尽管对有些人来说几年时间可能太长，但这个观点还是有可取之处的。昂德当表示："为出版机构写作所花的时间不会白费，即便作品最终没有被出版。如果你决定在那之后自助出版，会更具备成功的能力。"

找到定位

在自助出版中，要在网上找到我们的读者群，然后为他们而写。CNET[①]的大卫·卡努瓦写道："在非虚构类图书中，有一个明确的话题和扣人心弦的开头，这样的书往往表现不俗，尤其当它们拥有特定的受众时，你可以重点经营。无论是宗教文本、技术手册，还是自助书籍和类型小说，统统适用。我们自助出版时，目标受众不是传统的书评人或行业专

---

① 美国的一家媒体公司，专注于科技报道。

家，而是特定在线社区的同伴，这些社区不仅对我们的作品忠贞不渝，还对我们写作上的不足予以宽容，特别是如果提供的内容能被那些读者珍视。

热爱你所做的事情

自助出版的讨论很大程度上围绕着自我推广和塑造在线形象而展开。实际上，罗斯·巴伯尔说过："如果你自助出版自己的书，那么就不是靠写作为生，而是要靠市场营销为生。"但大多数作家选择从事写作并非因为他们热爱营销，而是因为热爱写作。无论我们谈论的是 YouTube、Substack 还是照片墙，无论是写博客还是小说，都要确定我们热爱所创作的内容，并以此足够支撑其他的工作。Patreon 的创始人杰克·孔特建议我们寻找自己真正的激情所在和引起观众共鸣的"重合点"。他告诫大家不要仅仅为了取悦观众而创作。"它必须是你所爱的真实的事物。否则做一名创作者会太难，你可能会放弃。"（图 7）

自荐

我们可能会花数年时间来完成一个项目，但是否能找到读者也许取决于项目完成后精心选择的几个句子的表达。

成为作家

投稿伦理指南

"话一旦说传出去就无法收回。"

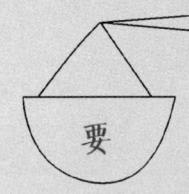

——霍勒斯

要

要了解市场
- 询问导师哪些地方可以投稿
- 阅读那些你想在上面发表作品的刊物
- 研究你最喜爱的作者的经纪人
- 了解作家市场

使把劲儿
- 订阅文学杂志
- 支付合理的投稿费用
- 从独立出版社买书

提交真正完整的作品
- 尽情发挥自己
- 获得反馈
- 修改,再修改

负责任地投稿
- 清楚你在哪儿投了什么作品
- 追踪投递的作品
- 如果一篇作品被接收,撤回其他地方的投稿

不要

投不完整的作品
- (别让编辑和经纪人帮你善后,作品具有阅读价值的时候才投出去)

过分看重权威
- (除了兰登书屋和纽约客还有很多出版机构,文学杂志和独立出版社都是发表佳作的好地方)

付费参与
- (大多数非营利文学杂志和比赛都收取一笔合理的费用,但要当心那些收钱的经纪人和顾问)

认为拒绝对人不对事
- (对编辑发脾气可能会让你感觉好一些,但他们也有感受和记忆。不要因为输不起而破坏关系)

图 7 投稿伦理指南,霍勒斯,"诗歌的艺术",柏修斯数字图书馆,2022 年 3 月 1 日。

第七章 投稿

商业出版、非营利出版和自助出版都是如此。无论是在会议上与经纪人和编辑面对面交流，还是用一段话在邮件中自荐，在较长的问询信、完整的书本提案中遣词造句，甚至为自己的书写护封、写播客描述、写在线广告。我们必须善于为自己的作品做宣传。

用一句话总结

如果我们正在写一本书或其他大部头的作品，应该就"它是关于什么的"准备一句话的回答。小说的一句话概要应该介绍情节，例如《少年派的奇幻漂流》讲述了一个孤儿与一只名叫理查德·帕克的老虎在救生筏上共度数月的故事。而诗集的一句话概要可能更注重主题，例如杰里科·布朗的《传统》探讨恐惧和创伤这两个话题在我们的生活中越来越重要，并开创了一种名为"复式"的新诗歌形式。在这两个例子中，用一句话介绍了作品的主旨和内在张力，并吸引读者进一步了解。

简短的问询信

这些正式的投稿可以是简短到电子邮件中的一句话，也可以是长至多页的信函，但所有高质量的问询信都包含相同的基本要素。

- 引子：一个生动有趣的项目介绍
- 具体细节：项目细节概览
- 理由：讨论为什么这个项目很重要，我们为什么是合适的人选

举个例子，看看克里斯蒂·贝尔卡明诺在自荐悬疑小说时问询信开头的细节，悬念丛生。

亲爱的经纪人：

　　我正在为犯罪小说《死者是有福的》寻求代理。这本小说的灵感源于我当犯罪报道记者时写的一个故事，我努力让一名连环杀手承认绑架并杀害了一名小女孩。

在这里，贝尔卡明诺提供了相当有趣的个人信息，同时暗示了她小说的情节以及写作方式——就像一名侦查记者，为了获取故事无所不用其极。

每个提案都需要一个引人入胜的引言，但接下来它必须跟着一两段同样吸引人的具体内容。即便不是谋杀悬疑，而是一篇关于家庭健身房的文章，这几段文字也必须阐述清楚项目的内容，为什么有人会想阅读以及为什么我们是合适的人选。

参考亚历克斯·克里斯蒂安，他成功向《男士健身》杂志

第七章 投稿

自荐了一篇题为《家庭舒适》的文章，讨论家庭数字健身的兴起，其中的主要段落如下：在描绘了健身应用程序、流媒体健身和数字健身设备的蓬勃发展后，克里斯蒂安提出了文章的主要问题："这些小工具和远程健身真的能取代健身房吗？"然后他详细阐述了文章内容，"我将探讨科技如何重塑健身行业，并向体能教练、行业专家以及领先科技健身品牌中的杰出人士询问运动的未来。"

这段文字的具体细节展示了克里斯蒂安的知识深度和写句子的能力。这一切使得编辑读完自荐信后更倾向于接受他的请求。在任何问询信中，最后的论述都应该是我们为何是某个特定项目的合适人选。

看看乔治亚·佩里向《大西洋月刊》成功自荐的一篇文章中的最后一段。题为《在商场健走的人：让美国保持健康的郊区健行者》。在问询信的前面部分，佩里提到其他出版她作品的平台（《城市实验室》[①]杂志、《波特兰月刊》和 Vice 杂志）来证明她总体的写作资质，但最后一段，她强调了为什么自己特别适合写在商场健走的文章：

"去年夏天我在明尼阿波利斯，知道自己将来想以某种方式写关于商场健走的文章，于是花了一个早晨与官方的美国商场健行者（商场之星）一起散步。我还采访了商场的公关塔

---

① 即 Citylab，一份网络杂志，现归彭博媒体所有。

拉·尼贝林（Tara Niebeling），她非常开朗，热情洋溢地谈论这里'有多爱我们的商场之星'。"

在这段描述中，作者强调了她的个人经验和对项目的投入。她在问询信中写道："看看我已经完成的工作吧。有实地观察、笔记和采访。"佩里让读信的人知道她已经做好准备继续前行。

我很乐意借助这段经历和更多的研究，就商场健走及其近乎反叛的起源为读者提供更深入的理解。我认为对很多人来说，商场健走只是老太太们做的一种"奇怪又有趣的事情"，但实际意义比这要丰富得多。这些老太太正在挑战资本主义制度，并且取得了胜利！

成功的问询信通过介绍精彩构思和优秀的作家，使编辑的工作更加轻松。亚历克斯·克里斯蒂安说："人们时间有限，你希望读到提案的那位责编能立即生出'太棒了，做吧'的想法。"因此克里斯蒂安指出，"你应该直截了当地表达重点，并且为每一个字提供充分的理由。"

图书提案

如果将问询信比作速配相亲，那么图书提案就像是48小时初次约会、联邦调查局背景调查和医疗检查的结合体。一封不错的问询信也许会引起编辑的兴趣，但至少就非虚构类的书

第七章 投稿

籍,编辑很可能会要求提交一份详尽的提案。

尽管每个出版商都有自己的准则,但一般而言完整的提案应包括简介、章节摘要、商业可行性论述及作者的资质说明。我们以此展现文体风格、思考深度和准备工作。

那么应该怎样写提案呢?可以参考模范文本,出版专业人士的热门技巧也很有帮助。以下是几点建议:

了解你的受众。 将来时出版社[1]的创始人凯文·萨姆塞尔告诉我:"写作者最常犯的错误就是用'地毯式轰炸'的方式投递作品……每当我收到奇幻小说、惊悚小说、儿童读物或自助类的图书投稿时,就知道作者没花多少力气来了解我们出版社的方向。最终,这只不过浪费了我和作者的时间。"

谨记底线。 "与其将你的提案视为对书的介绍,不如视为一个商业案例,解释为什么它值得出版商投入时间和金钱。"《纽约时报》的克里斯汀·王写道。

写作时假设书已完成。 "提案可以作为一种巧妙的练习手法,"贝尔维文学出版社[2]的埃里卡·戈德

---

[1] 即 Future Tense Press,美国出版社,出版小说、诗歌、回忆录等多种体裁的图书。
[2] 即 Bellevue Literary Press,美国一家非营利性出版社,出版小说以及艺术科技类非虚构作品。

曼说，"它应该让人感觉这本书你已经写好了，确定了目录，尽管你可能只写了一篇引言或几章内容。"

着重与众不同之处。缩影出版社[①]提醒投稿的人："我们已经听过所有空洞无味的图书推销词。希望你考虑一下自己的提案，根据市场现状发掘出独特的创意。"

注意实际细节。布卢姆斯伯里学术出版社提醒作者要"涵盖所有的实际细节"，包括预计的总字数、图片或版权资料、预计交稿日期以及是否附带任何数字或混合媒体资料。（我这本书最初的提案没有考虑到插图，所以不得不与出版社重新协商，把信息图表和插图包含进来。）

协商

关于如何谈判出版合同，已经有很多文章和书专门讨论过。但有一条原则要记住：一切都可以谈判。预付款项、版税、封面设计、免费样书、作者优惠等等。

如果出版商接受我们的作品，无论是一首诗歌、一个故

[①] 即 Microcosm Press，美国的独立出版社，出版有关食物、独立杂志、艺术等主题的图书。

第七章 投稿

事还是一本书，都会拿合同让我们签。仔细阅读合同，记录下你被授予的权利，以及可能被剥夺的权利。我们是否保留创作自由？版权在出版后是否仍归我们所有？是否有预付款？销售中的版税率是多少？合同是否涉及再版版权或电影改编权？无论长短，合同都具有法律效力，我们应该知道被要求签署的内容。

在签署合同之前，我们应该寻求一些帮助。普通作者很难知道合同中哪些条款是行业标准，哪些是出版商在采取强硬态度施加压力（或试图利用经验不足的作家）。导师可以帮助解析细节，就接受什么、如何协商以及某些情况下何时退出提供建议。另外，如果合同涉及大笔金额，咨询律师也不失为一个好主意。

我已经投稿近20年了，收集拒信就像有些人收集情书一样。我会打印出邮件，将它们放到办公桌上的一个绿色文件夹中，我喜欢向学生展示它们——不是一种自我惩罚，而是提醒他们和我自己，投稿和被拒是作家成长过程的一部分。如果我们不投稿，就无法充分利用作家所拥有的、将粗略的草稿转化为终稿最有效的工具；如果我们不投稿，就无法参与重要的步骤，在书面表达中找到自己的声音；如果我们不投稿，就会错过机会去发现自己的作品在公众对话中的位置。

但发表是不是必要的呢？也许不是。作为一个写作者，我对语言和故事感兴趣，对书面表达出我混乱的思绪感兴趣。发表只是次要的。即便我是一名水管工或会计,仍旧会写作。从个人的角度来看,我并不需要经纪人、编辑或其他把关人的认可。然而如果仅仅把作者与把关人之间的关系看作个人的职业问题,或者艺术生活中必不可少的邪恶,那就低估了公正无私的读者在创造文学艺术中的作用。通过将投稿看作写作过程的一部分,我们承认写作在最有价值的时候,是一种具有公共目的的私人行为。以这种方式,我们对投稿活动的投入不仅是对写作生活的投入,还是对社区的投入。

第八章

考虑更多的学校

第八章 考虑更多的学校

早在 1983 年，当大学创意写作项目刚刚开始呈指数增长时，唐纳德·霍尔就站在新英格兰学院写作项目协会会议的讲台上，大声质疑我们是否有必要保留艺术硕士学位。他将大学创意写作项目比作血汗工厂、快餐厨房和汽车装配线。他描述那些项目的工作坊为"制度化的咖啡馆"，课后作业使得创造性的工作简化为"沙龙游戏"，让真实艺术中实实在在的恐惧变得琐碎而安全。正如霍尔所看到的那样，创意写作的工业化正在破坏美国文学，将我们的关注点从取悦"缪斯"转向取悦同行，创造了一个与美国读者完全脱节的"学术"作家封闭社群。

唐纳德·霍尔对美国如今超过 300 个研究生创意写作项目怎么看？对数以万计持有学位的"作家"毕业后却没有明确的职业道路怎么看？他对这本专门为那些作家讲解职业道路的书意见如何？当然了，对于想要申请创意写作项目（无论是本科还是研究生）的人来说，应该留心霍尔的怀疑态度，并问自己：我真的需要一个创意写作学位吗？

对于那些希望在大学教创意写作的人，答案是肯定的——十分需要艺术硕士学位，甚至博士学位。但就其他人而言，学术这条路并不一定理想。与许多教育路径相比，创意写作提供实用的就业指导相对较少。然而，它让我们有机会投资自己成为作家。它给予时间让我们进行广泛而深入的阅读，提供磨砺叙事、说服技巧和创意技能的空间，以及发展真实声音的机会。它还让我们得到经验丰富的导师和忠实同伴的支持。它教会我们如何给予和接受批评，并有机会参与更大的文学社区。

但不应将创意写作课程仅视为脱离一切实际考虑的艺术式隐退。是的，一门好的创意写作课程可以帮助我们思考、写作，使我们像自己期望成为的作家那样生活。它还提供了许多传统文科教育的益处——增强批判性思维、沟通能力、创造力和分析能力，以及在教学、编辑和项目管理方面的具体技能。与任何文科学生一样，创意作家能否取得职业的成功，几乎完全取决于自身的努力程度。

简而言之，除了那些明显对学术道路感兴趣的人之外，没有人需要接受正式的创意写作教育。可是如果一个人写作需要指导，创意写作课程可以是一个绝佳的去处，尤其如果这个人有能力创造自己的机会，并能够应对些许的不确定性。对于这样的写作者，我在这里概述各种创意写作学位的情况，并就如何找到合适的学校、申请成功提供一些建议。

本科项目

作家与写作项目协会数据库列出700多所大学和学院，提供至少本科阶段创意写作的辅修方向或专业方向，而约有300

所学校提供文学学士学位，34所学校提供艺术学士学位。虽然这些项目在规模、资金、课程设置和学生的课外机会方面各不相同，但将它们都视为美国通识教育传统的一部分而不是高度专业化的艺术培训项目，可能最为准确。这些项目的学生通常在学习创意写作基础知识的同时，还会学习文学分析、批评以及一系列通识教育课程。与其他通识教育项目一样，创意写作帮助学生培养广泛的技能，将来在各个职业领域都能发挥作用。它还为攻读创意写作研究生课程提供了极佳的准备，尽管创意写作本科学位一般不是攻读创意写作研究生课程的先决条件，也不一定是有利的条件。让我们简要地看看本科创意写作的各个方向。

英语专业方向。在一些大学和学院，主修英语的学生可以将学习重点（因此称为"专业方向"）放在创意写作上。学生通常要在完成所有英语专业学生都要修读的一组通识课程，另外再参加一系列专门针对创意写作的课程。

文学学士或艺术学士学位。比主修英语专业方向更进一步，一些机构提供创意写作的文学学士或艺术学士学位。通常这些学位专业之间区别不大，每个方向一般都要求在创意写作和文学研究之间保持课程的平衡。不过一些创意写作的文学学士和艺术学士课程中纳入了更多的研讨课程、出版或编辑课程，尤其是在艺术学士课程中，还可能包括毕业论文或高年级项目。有些项目对所有学生开放，而有些则需要申请入学。

创意写作辅修。创意写作的辅修课程独立于学生的主修专业。通常为期一到两个学期，辅修课往往包括文学研究的基础课程，再加上创意写作的初级、中级和高级课程。一些辅修项目允许学生侧重特定的文学体裁，而有些则要求跨领域学习。此外，许多项目要求完成毕业设计或实习。

证书和其他非学位课程。在时间投入和范围上，证书课程与创意写作辅修类似，但它们是为已经完成本科学业，且尚未对申请研究生产生兴趣或还没有准备好的学生设计的。事实上，许多证书课程将自己定位为本科和研究生学习的中间阶段，允许学生制作作品集并与潜在的推荐人建立关系——这是研究生申请中的两个重要部分。

研究生项目

创意写作的研究生学位分为硕士和博士水平，为学生提供创意写作技艺和理论的专业培训，以及文学研究课程，侧重于为学生在大学教学做准备。然而，至少在硕士层次上，仍有必要将创意写作视为一个高度专业化的文科领域，它为学生做全方位的职业准备。虽然所有的研究生学位都提供了专注写作的时间、导师指导、内部写作社区、职业培训以及外部截止日期的激励，但每个学位都重点发展学术创意写作生涯的不同方面。以下是细分。

第八章 考虑更多的学校

艺术硕士学位。这是创意写作学位中最性感的一个,艺术硕士学位为学生提供两到三年的高级创意写作技艺和理论学习,往往侧重于诗歌、小说、创意非虚构、类型写作、儿童写作、编剧、戏剧创作和文学翻译等领域。我之所以说它最性感,是因为尽管美国的艺术硕士项目数量不断增加,每个项目教育质量不一,以及艺术硕士毕业生的就业前景似乎相当糟糕(这一点将在下一章详细讨论),但这个学位在社会和智识上仍然具有一定的威望,这是普通英语文学硕士甚至博士所不具备的。"真正的作家有一个艺术硕士",社会上大概这么流传。这当然是胡言乱语,我们会更详细地讨论,但先让我们解析一下艺术硕士与其他创意写作研究生学位的区别。

与文学学士和艺术学士类似,艺术硕士也是广泛的通识教育,但更强调创意写作的技艺、理论以及商业运作。该学位的顶点是完成艺术硕士论文——一篇原创的创意作品,(理想情况下)达到出版水平,学生必须在正式的答辩中展示。艺术硕士论文通常以对学生的作品进行辩证分析,讨论如何与更广阔的文学传统产生联系为起点,然后根据具体的项目要求,附上80页左右的创意作品。

大多数艺术硕士项目分为全日制住读和非全日制住读两类。全日制住读项目要求学生每学期到校上课,参与校园生活,而非全日制住读项目要求学生参加在线或函授课程,每年只需到校几周。全日制项目通常为学生提供学费补贴和生活津贴，作为交换，学生要教大一新生创作课，或创意写作的入门课程。而非全日制项目提供奖学金较少，学费通常比全日制项目贵。然而非全日制项目的魅力在于其灵活性。因为非全日制的学生可以在世界任何地方上课，不必为了学习而辞去工作或搬到新的城市。

除了住校的区别，所有艺术硕士项目还可以分为两个子类：工作室型艺术硕士和学术型艺术硕士。

- 工作室型艺术硕士。工作室型艺术硕士专门致力于创意写作的课程。学生参加研讨课程，常常会有创作和理论课，但不需要完成文学研讨会或其他传统的学术课程。工作室型艺术硕士对于那些希望专注写作的学生最具吸引力，而对于希望侧重学术生活其他方面的学生则不然。工作室型的艺术硕士生可能会有教学机会，也可能没有。

- 学术型艺术硕士。与创意写作的艺术学士类似，学术型艺术硕士要求学生不仅参加创意写作研讨课及技艺和理论课程，还要上更传统的文学研究课。这种双轨制非常适合对学术工作感兴趣以及有可能攻读博士学位的艺术硕士生。学术型的艺术硕士生基本上总会有教学机会。

第八章 考虑更多的学校

文学硕士。英语硕士往往被视为通往博士的跳板（尽管与英语学士一样，许多获得硕士学位的学生随后会在其他领域运用这些技能）。文学硕士课程包括文学分析、批评理论、研究方法、教学法以及其他科目，为严格的博士课程做准备。在一些硕士项目中，学生可以选择侧重创意写作。这些课程仍然要求学生完成标准文学研究硕士的传统核心课程，但给予学生选择参与几门创意写作课和完成创意论文的机会。虽然获得文学硕士学位可能不具备艺术创作硕士学位的声望，也不授予让毕业生有资格在大学教授创意写作的终极学位，但在寻找创意写作的研究生课程时，考虑这种类型的学位有许多理由。

● 首先，任何有价值的以创意写作为重点的文学硕士项目都会提供与学术型艺术硕士相同的机会：研讨课；教学、研究和编辑实习；访问作家计划；旅行资助和其他职业发展福利。

● 其次，与艺术硕士项目相比，文学硕士项目的录取率更高。不是因为标准较低，而是竞争没那么激烈。一个成熟的艺术硕士项目可能每年会收到数百份申请，而一个相似的但不那么知名的文学硕士项目可能只会收到几十份。由于文学硕士项目的申请人较少，录取率通常比艺术硕士项目高得多。

● 再次，文学硕士项目一般读两年，而许多艺术硕士项目需要三年的投入。在两年内完成学位可能意味着经济负担更轻，能更快地进入就业市场。

● 最后，对于计划攻读博士学位的学生来说，文学硕士的传统学术课程可能非常有价值，不仅在学术准备方面，还在实际的博士学分方面。博士课程常常允许学生将部分学术性的文学硕士课学分计入博士中，那么完成博士学位所需的时间最多能缩短一个到两个学期。

哲学博士学位。博士学位是为那些已经精通某特定领域，准备在该领域做出重大的、学术的、职业或创意性的贡献，并愿意在此过程中教导他人的学生准备的。

我们谈论创意写作的博士学位时，几乎总在谈论专攻创意写作的英语博士（至少在美国是这样）。与强调创意写作的英语文学硕士类似，该博士学位允许学生通过课程和创意论文聚焦创意写作研究，同时也要完成与传统博士生相同的学术课程。

创意写作的博士项目培养学生在特定体裁创作和理论方面的专业能力，以及该体裁在文学、文化、历史和审美背景上的专业知识。此外，大多数博士项目要求学生选择第二个学术专业领域（类似于博士学位的辅修），通过课程和助教工作完成教育培训。成功的博士候选人有资格在大学教授创意写作，通

第八章 考虑更多的学校

常也是通才,能够教授通常的文学研究课题。

学生通过以下4个阶段来完成所有学业:课程、综合考试、论文和论文答辩。

● 课程。学生刚开始学习大约4个学期的课程——混合了文学研讨会、创意写作工作坊,以及批判理论、教学法和研究方法等补充课程。

● 资格考试。课程修完后,学生将参加资格考试,考核他们在特定领域的专业知识。考试题目来自学生与指导教员团队(博士论文委员会)共同编制的阅读书单。这个阅读书单包括该专业主要和次要的文献,学生常常会花几个月来阅读和准备考试。考试大多采用博士论文委员会准备的一系列论文题目,尽管传统上期望学生在校内的一个空房间单独考试,历时数小时,不能参阅笔记或网络,尽力从记忆中引用来源,但许多项目已经转变为在家考试的形式,给学生一个周末的时间来准备更加完善(引用得也更加充分)的回答。

● 论文。通过资格考试后,学生会获得"博士候选人"身份,然后必须在他们的专业领域完成一个意义重大的创意项目(长度常常为100~200页),同时附带一个批判性引言,探讨该项目在文学、文化、历史和审美方面的相关性。

●答辩。整个过程的最后一步是在论文委员会面前进行公开答辩。候选人将就创意作品的形式和内容以及该项目如何融入更宏观的文学背景回答委员会的提问，并解释他们的博士研究如何为职业学术生活做准备。

除了这些学术和创意的准备之外，大多数博士项目还提供教学法课程和手把手的教师培训，为学生将来成为大学教员做准备。除了自己的课程，学生通常每学期教授一到两门大一写作课或其他初级本科课程。

谁需要博士学位

我可以肯定地说，除非下定决心在大学教书，否则没有人应该努力追求创意写作的博士。即便这样，也应该确定全面的学术培训、文学研讨会、教学法课程和其他学术要求是否真正符合我们对写作生活的期望。如果寻求的只是写作的时间，那么博士学位并不是必需。

然而如果我们决心获得大学教职，就必须考虑博士学位。对，艺术硕士是一个终极学位，但我们应该将它视为最低要求。除了艺术硕士，招聘委员会还在寻找拥有丰富教学经验、重要的出版物以及能够教授多个科目的求职者——无论是其他创意写作体裁，还是其他学科，例如文学、新闻、文化研究或修辞与写作。获得博士学位并不能保证我们在学术就业市场上占据优势，但它确实为我们提供了更多的时间来积累成就、获取经验，最终将有所裨益。（图8）

如何选择适合的项目

成功完成任何创意写作课程都需要一定的基础天赋——一些自然的好奇心，一些对句子的驾驭能力，还有对意象的洞察，对韵律的感知。但詹姆斯·鲍德温提醒我们："才华微不足道……重要的是纪律、热爱、运气，其中最重要的是耐力。"无论是谈论创意写作的辅修、博士学位，还是介于两者之间的任何内容，最棒的课程不仅可以培养我们与生俱来的才华，还会提供运用纪律、热爱、运气和耐力的机会，正如鲍德温所言，这些因素非常重要。

从实际角度来看，这意味着要审视项目的各个方面，从教员和资金支持到课程内容和课外活动。而关键词是机会：在写作生涯的当前阶段，我们想要或需要什么样的机会，某个特定课程如何提供这些机会？当然了，每个人的需求都不同，以下是一些需要考虑的基本问题：

地点。我是否需要因工作、家庭或其他义务而留在本地，

成为作家

研究生院
哪个学位适合我

"不让教育败坏我们不够,它必须更进一步,使我们变得更好。"
——米歇尔·德·蒙田

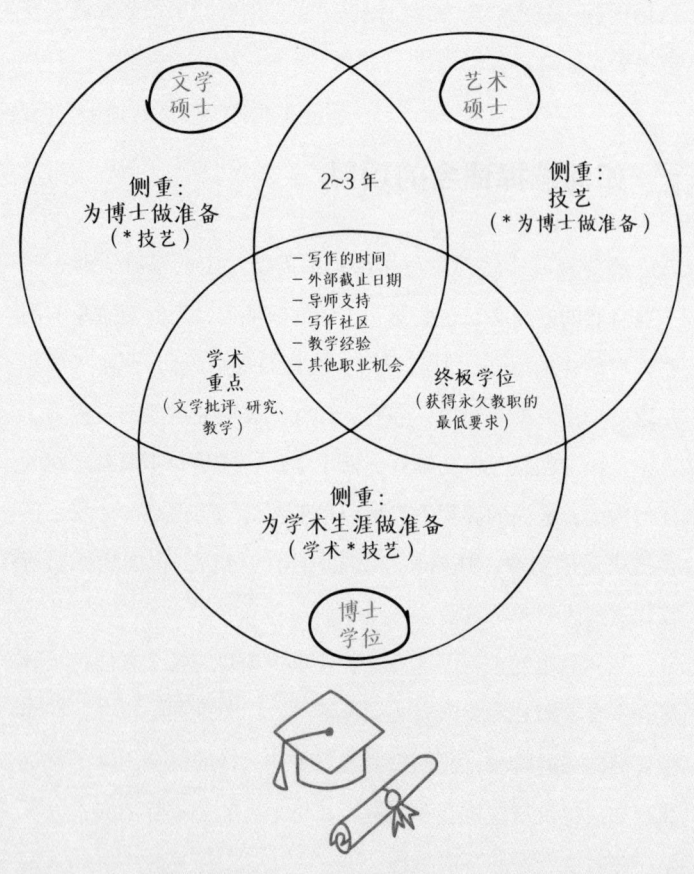

```
     文学硕士                            艺术硕士

   侧重:                 2~3 年              侧重:
  为博士做准备                              技艺
   (*技艺)                               (*为博士做准备)

              - 写作的时间
              - 外部截止日期
              - 导师支持
              - 写作社区
              - 教学经验
              - 其他职业机会

     学术                              终极学位
     重点                            (获得永久教职的
  (文学批评、研究、                        最低要求)
     教学)

              侧重:
         为学术生涯做准备
          (学术*技艺)

              博士学位
```

图 8 研究生院:哪个学位适合我,米歇尔·德·蒙田,"论学究气",蒙田散文,古登堡计划,2022 年 3 月 1 日。

第八章 考虑更多的学校

还是可以为了合适的课程搬到国内其他地方？我可能在哪些地方感到舒适：大城市？小镇？沙漠？海岸？我是否需要充满活力的夜生活？孩子们是否需要好的学校？是否需要很棒的饭店或精彩的户外活动？我可否接受在文化舒适区之外的地方生活？我能承担怎样的租金？一方面为了上学搬家可能真的会扰乱生活。另一方面，为了合适的课程在不那么理想的城市过几年也许是值得的。

资金支持。这个课程是否提供奖学金、经济资助、津贴或其他资金支持？如果有，金额是多少？所有学生都能获得资金支持，还是只有少数人通过竞争才能得到奖学金或助教职位？是否有用于研究、旅行或职业会议的资金？除了詹姆斯·弗兰科[①]这种特例，创意写作项目在不提供（至少部分）资金支持的情况下，不应该注册。而且不应该为获得创意写作学位而申请大额的学生贷款。就业前景太不稳定，我们应该只承担最适度的债务来支付学费。

值得庆幸的是，大多数声誉良好的课程都提供助教奖学金，研究生在每个学期教一到两门本科课程，作为交换他们可以免去学费、获得年度津贴。在资金充足的项目中，学生可以担任教员、助理研究员、助理编辑、助理项目管理员以

[①] 作者说道："当我在俄亥俄大学时，传言詹姆斯·弗兰科申请了该课程，但他在申请中注明打算自费，不需要任何财力资助。最后他同时参加了几个不同的课程（我猜都是自费）。"——原编者注

及其他职位。

教员。课程中有哪些作家老师?其中有没有人即将退休?这个群体是否多元化,我是否会找到一个在审美和社会文化角度上都支持我的导师?他们出版了什么样的作品?而且更重要的是他们与学生合作的声誉如何?一个作家出版了几本书、获得一些名气,并不意味着他们懂得该如何教学。与当前和以往的学生交流,了解该去找哪位老师(或避开哪位老师)。

课程内容。项目将提供多少个写作工作坊?这足够帮助我达到写作目标吗?课程将提供多少个文学研讨班或理论的课程?课程目录中还有什么其他有趣的内容?课程是否主要集中在传统的西方文学经典上,会不会也探索多元化的声音和主题?课表如何挑战以及扩展我对文学传统的理解?课表如何帮助我为实现未来的写作目标做准备?如何进入就业市场?将来怎样申请研究生院?如何培养其他技能?编辑、出版、项目管理和教学等选修课可以为我们的学术生涯及其他职业打下基础。

职业化。这个项目提供了什么样的职业准备?如果一个研究生项目为学生提供教学岗位,是否还有研究助理岗位或其他校园职位?有文学杂志或校园刊物的编辑职位吗?还有社区项目、海外学习等其他实习机会吗?项目是否提供职业服务,如模拟面试、文书服务、招聘会或校友导师网络?除少数例外情况,一个项目的声誉本身不能说明太多。然而项目所提供的实际职业准备将在毕业后发挥巨大影响。

课外活动。项目的文化氛围怎样？是否有健康的社区意识？教员是否会在课余时间了解他们的学生？学生是否感觉自己在与同伴合作，还是在比赛中与人竞争？是否有读书会、开放麦之夜、假日聚会或其他社交活动？无论课程内容有多棒，如果创意写作项目不能培养学生的社区意识，这个地方可能会让人感到非常孤独。

排名。项目排名是否重要？我甚至不愿提及这个话题，因为衡量声誉是一件非常抽象的事情，但如果我们搜索的话，谷歌会显示排名，所以还是稍加留意。简单说吧，请忽略课程排名。排名可以提供各种课程之间的大致比较，但没有通用的指标可以与个性化的指标相比。只有当我们查看了项目的课程设置，研究了它的教员，与现在的学生交流，并考虑了所有其他有关社区、人口统计、地区和文化的因素后，才能做出真正明智的决定，判断一个项目是否适合我们。

最好自己着手研究，将所有问题的答案放入电子表格，创建属于自己的排名。学校名称放在表格的最左边一列，然后在顶部中间一栏将问题排序，从最重要的开始（问题因人而异）。接下来我们收集各个课程的信息，将答案填入表格中。所有信息聚集在一处，做比较一目了然，缩小选择范围就轻松多了。

申请多少所学校取决于我们的申请费用预算（申请费从每所学校 35 美元到 90 美元不等）。我最有希望的学生通常会试着申请3~4个竞争激烈的项目，以及他们在研究中发现的另外3~4个有吸引力的项目，还有几所符合标准的本地学校。我不确定创意写作领域是否存在所谓的"保底学校"——全国有那么多优秀的作家，每个项目的申请过程都竞争激烈。但当我们进行研究时，会感受到哪些项目似乎在我们的掌控之内，而哪些项目很难进入。

申请研究生

每个项目都有自己的申请要求、截止日期和流程，如果中间出现错误，可能还没申请完就已经失败了，所以一定要仔细核对每所学校的规定。然而总体而言，申请一般包括学术成绩单、推荐信、个人陈述、写作样本、简历或履历表，也许还有GRE[①]分数，申请最重要的部分是写作样本，其次是个人陈述和推荐信。其他所有材料只是向评审委员会和学校表明我们具备完成课程所需的总体学术能力。

写作样本。我可以肯定地说，没有人仅凭高分、优秀的GRE考试成绩、具有说服力的个人陈述或推荐信被创意写作项目录取。所有这些元素都有助于让一个强劲的写作者从众多

---

① GRE普通纪录考试，即"General Records Examination"的缩写，旨在预测学生在研究生院成功可能性的标准化测试。

第八章 考虑更多的学校

申请中脱颖而出,但出色的学术成绩无法弥补薄弱的写作样本。而强大的写作样本也许足以让我们拿到通知书,即使学术成绩不够有竞争力。写作样本应该展示我们编织句子的才华和对基本文体元素的理解,还应该让评审人员感受到我们的好奇心、创造力和思维深度。肯达尔·邓肯伯格写道:"我想看到申请者在他们的样本上下足功夫,并且对当今的出版物有一定了解。至少一开始,我对你的写作风格并不特别在意。我主要看你对语言的用心、对形式的感觉以及对细节的关注。"

个人陈述。这是我们向招生委员会介绍写作样本背后那个人的机会。委员会想知道我们为什么希望学习创意写作,但本质上他们寻求的是证据,证实我们适合他们的项目。他们希望看到我们既谦虚又好学,而且足够自信,对未来有所规划。他们想知道我们正在读哪些书,以及为投身文学社区所做的努力。他们不想看到什么?我们终生热爱文学的逸事,或谦虚地炫耀在高中写了 10 本小说。

有人建议在个人陈述中解释学术记录里的异常情况,比如挂科、低分、一学期的退课。但卡迪·维什尼亚克表示:"在个人陈述里提到这些问题很容易让人觉得是在找借口,或引起委员会之前甚至没有注意或关心到的问题。"维什尼亚克喜欢让推荐人在推荐信中解释相关的学术问题。合适的教授可以为成绩单上的任何问题提供解释。维什尼亚克说,他们能够向委员会保证"我真的是一个负责任的人","相信我一定能完成学位"。

推荐信。因为这是申请的一部分,我们并不亲自撰写,所以可能会觉得不在我们的掌控之中,但其实我们对这些信中的内容仍有相当大的控制权。首先,正如汤姆·普洛沃斯特所说:"确保你认识这位教授,并且这位教授喜欢你的作品。这听起来也许再明显不过,但我常常感到惊讶,那些来找我要推荐信的人在我的课堂上表现欠佳,又或者我根本不了解他们。"如果推荐人不能对我们的作品表达出极高的赞扬,就不应该让他们陷入两难的境地——要么拒绝请求,要么写一封平淡的信。

其次,我们可以引导推荐人往哪方面写。"向他们提供你希望强调和留意的信息,"基尚·卢埃林·施莱格尔说道,"你去年得了奖或写了一部小说吗?你在学校教过写作吗?你会专注于哪种文体?为什么呢?"合适的推荐人会对我们的申请充满热情,但只有在我们提供必要的细节后,他们才能以具体的方式表达这种热情。

最后,每位写作教授都被要求在截止日期前写一封推荐信,大多数教授最终都会写这类信,因为他们知道申请研究生、找工作和申请奖学金的压力。但当教授坐下来写信时,我们真的希望让他们感觉到有多么混乱和仓促吗?有时不得不在最后一刻提出要求,但总体来说,尊重导师的时间是我们的职业责任,应提前妥善请求。

比较录取通知书

申请创意写作项目的最佳情况是什么？收到多个录取通知书。此时我们可以回顾在研究中回答的那些问题，再好好比较一次。看看教员、资金资助和社区，看看职业发展和教学机会。哪个项目解决了我们的大部分所需，在相似的选项中一定要仔细对比。例如一所学校提供更多资金资助，但它位于波士顿或纽约，生活成本过高。另一所学校也许每年举办几次公开读书会，但学生与访问作家互动却较少，还有一所学校也许访问作家的活动更少，但却为每个活动提供深入的大师讲座。

如果我们还未与教员或学生直接交谈，现在是时候了。我们自己学校教授和导师给出的建议也很有参考价值，特别是如果他们认识我们正在考虑的学校里的教员。最后咨询家人和伴侣的意见。大多数研究生院会在2月底通知学生录取结果，让申请者在4月15日前做出最终决定，所以花些时间好好考虑。然后深呼吸，选择吧。

应对拒绝

残酷的现实是，申请创意写作课程，尤其是研究生课程，大多数都会被拒绝。可能是我们的写作样本不够强劲，没通过最后的筛选。也可能是我们的创作兴趣与该系不太匹配。当这些拒绝开始涌现（而且肯定会涌现），不要觉得这是对人不对事。比方说吧，别给该项目的主任写一封愤怒的信（或是一封抱怨的信、辩护的信、消极抵抗的信，类似于"好吧，我想你们学校对原创作家不感兴趣"）。一定要请教该如何改进申请。要与值得信赖的教授和导师交谈，寻求他们的建议，然后认真考虑所有这些建议，想想来年是否再次申请。

让我们以开头的问题来结束这一章节。真的有人需要创意写作学位吗？答案取决于我们对"需要"的理解。我们需要学位才能称自己为作家吗？当然不是。根据亚历山大·契的说法，我们只需工作伦理和"在极端、失败和成功面前拥有一颗狡猾、谨慎的心"。但他接着说："如果你不能忍受，不能学会努力工作，克服自己最糟糕的脾性和偏见，不能接受陌生人的批评或不确定性，你就不会成为作家。"对于亚历山大·契来说，正是在一个艺术硕士项目中，他学会了所有这些东西。所以说我们不需要学位，但它有所帮助。

那么需要的概念是什么，比如我需要一些钱？简单以金钱角度来衡量教育是很诱人的。有更容易、轻松、不那么令人心碎、令人发狂的谋生方式，但也有一些支持我们追求梦想的理由。阿姆斯特丹大学教授徐华恩表示，创意写作教育的价值无法用"直接、功利的视角来衡量，从学位到职业之间不是一条直线"。

当然,创意写作培养的软技能在各个专业领域都适用(我们将在下一章详细讨论这个主题),但它所提供的远不止一条通向中层管理的博雅教育之路。"也许我有些过时或阳春白雪了。"徐说,"但我认为追求自己兴趣的教育有利无弊。如果到处都是艺术硕士毕业生,世界将会变得更加美好。如果艺术硕士毕业生在国会、非营利组织,或在银行工作。"也许这是正确的,因为在其最纯粹的形式中,创意写作的追求不仅仅关乎批判性思维、沟通技巧,甚至不仅仅是艺术,而是关于揭示人类存在意义的内涵。最终,这难道不是我们所有人真正需要的教育吗?

第九章

为写作的职业生涯做准备

第九章 为写作的职业生涯做准备

多年前,当我研究创意写作研究生项目,正在思考是否应该申请时,读到了两篇印象深刻的文章。第一篇是小说家查尔斯·埃弗里特·波夫曼在亚利桑那大学艺术硕士项目网站上发表的一篇短评。波夫曼将艺术硕士描述为有点像"一个临时的避风港,在这种情况下你的作品会被认真对待"。然后,他描绘了一个令人沮丧的画面,创意写作者暗淡的职业前景:找到稳定的学术工作几乎不可能,迫使那些痛苦的作家"转向次要的兴趣","寻求更具市场竞争力的学位",或者干脆通过"进入法律、心理学或其他支持他们兴趣的领域"来"重新培训自己"。

第二篇文章是拉塞尔·塞琳·琼斯的《教授创意写作》,其中一行字一直挥之不去,就像看到操场上的侮辱话语。琼斯写道:"除非将来肯定会被提名诺贝尔奖,否则没人该去读创意写作的博士。"

创意写作是否应当成为一门学科,这种怀疑 20 年前就已经是老生常谈了,而且今天仍然如此,要么由知名作家、不满的教授,或者心灰意冷的学生表达出来,要么由那些注重科学、技术、工程和数学的家长表达出来。他们无法理解为什么自己聪明、雄心勃勃的孩子要去攀登创意写作这看似不切实际的高峰。

当然，这种怀疑主要建立在过时、狭隘的观念上，而且对创意写作教育职业前景的看法很多都不正确。确实，大多数创意写作学生不会发表创意作品，不会从事学术岗位，最令人沮丧的是，甚至不会继续将写作纳入个人生活，但这些事实都几乎与创意写作教育是否能够帮助学生开启丰富、成功的职业生涯没多大关系。

与其他博雅教育的学位一样，将创意写作视为通向特定职业的途径可能不太准确（虽然它可以是一条途径，我们将在后面讨论这个问题），它更像是通向各个职业领域的途径。写作教育将教会我们如何构建动人的句子，如何组织叙述，发展角色，铸造比喻，但它提供的远不止于此。创意作家是具有创造力的思考者——我们受过训练，懂得倾听，会读出深层次的信息，还会提问，提供评论并处理反馈；我们受过培训，会想象其他世界及其他可能性，预测陌生人的需求。修订——改进和进步的意愿——已深深扎根于我们的心灵中，我们已经培养出将沟通视为艺术和技艺的意识。

随意抛出一根橄榄枝，我们就能触及需要创意作家才华的专业领域。也许我们将自己视为诗人、小说家、散文家或剧作家，但也应该视为出色的沟通者和解决问题的人，拥有宝贵技能，可以根据各种特定的职业情境应用。虽然我们最初可能因为无法想象自己在艰苦的商业或创业领域中生活，而倾向于博雅教育，但正是那种奋斗精神——那种严格要求的愿望，敢于为自己铺平前进的道路——帮助了创意写作的学生，让教育通向各种有意义、令人满足的工作。

现实世界中的创意写作技巧

请考虑以下三个创意写作学生的案例，他们借教育经验开启了独特的职业生涯。请特别注意每位学生如何让兴趣和优势指引自己，如何让自己拥有更多的机会。

米拉·迈尔斯：政治传媒专家

米拉·迈尔斯将她作为政治传媒专家的职业灵感归功于阿伦·索金的电视剧《白宫风云》。念大学时，迈尔斯主修创意写作、辅修历史。她喜欢写作，但无法想象自己整天都困在屋里写小说，而她真正的热情是政治。"我大三的时候开始为《白宫风云》疯狂着迷，第一次意识到写演讲稿也是一份工作。"

迈尔斯继续念创意写作专业，但将关注点缩小到创意非虚构作品上。她还加了一个政治学辅修，并申请了国际新闻学的海外交流项目。她称之为"演讲写作三角"，专属于她的教育框架，让她完成两个全球传播硕士学位，随后成为全国各地政治候选人的数字媒体协调员、传媒总监和竞选代言人。

迈尔斯说:"创意专业的强大之处在于,你只有挑战常规、尝试创新,才会成功。"创意写作教给她批判性和创造性的思维技能,每天都在运用。她说:"它是我存在的一部分。每当需要解决问题时,我就会更加敏锐地寻找创意解决方案,选择不那么常规的路径。"

"大多数人认为(创意写作学位)是浪费钱。"她继续说道,"如果你不经深思熟虑,绝对会这么想。但如果我们将对写作的热爱与其他职业兴趣结合起来,然后让这种多学科的愿景引导我们的选择,就几乎能为任何可能性做好准备。"

尼克·格雷:大学安全与保卫主任

尼克·格雷开始上大学时,曾认为自己想要成为一名工程师。"我想我曾经接受了这种非常美国式的思维方式,觉得教育是为了学习非常具体和技术性的东西,能让人赚很多钱。"他告诉我。但一个学期过后,他发现成为工程师并不适合他。"我也可以学,"他说,"但会以糟糕的成绩毕业。"

最终格雷选择了创意写作,因为这更贴合他的优势。他形容自己小时候是一个"嗜书如命"的小孩,长大后变成一个"对任何触发情感的书籍和叙事都感到着迷"的大人。他享受自己的课程,特别是强调对话和辩论的课。他还享受那种开

第九章 为写作的职业生涯做准备

展充分论证的挑战,但创意写作从未成为他的职业目标。"我一直知道自己主要想做别的事,可能把写作当作一种业余爱好吧。"格雷说,所以他试着对各种可能性保持开放的态度。

有一天,他一时兴起参加了执法机构的校园招聘,在午餐时间举行。"我闲得无聊,而且他们有免费的食物。"他说,"我以前从未见过联邦调查局特工,所以决定去看看。"格雷看着学生们聚集在联邦调查局、缉毒局和烟酒枪炮及爆炸物管理局的代理人周围,可是后面的角落还有两位来自邮政检查局的小个子金发女士。"我记得当时在想,这两位女士专程赶来,却没有人对她们的话感兴趣。"于是格雷干了件好事,他开始与这两位女士交谈,最终离开时他得到了费城宾夕法尼亚,也就是他故乡的邮政检查员的电话号码。几天后他给这位邮政检查员打电话。通话结束,他获得了一份实习岗位。

"那个夏天,我在纸质邮件中没收了数公斤的可卡因,还协助破门而入,抓捕毒贩。"格雷解释道,"那简直太棒了。"但这份工作的优点不仅仅在于行动本身。"调查需要大量思考、处理和预测人类行为,需要很多规划和合作。"他一半时间在办公室,一半时间实地考察,发现这正是他梦寐以求的职业类型。

毕业后,他申请了印第安纳州拉斐特市的警长办公室,并开始担任警务人员,他惊讶地发现自己的创意写作经验派上了用场。他利用批判性阅读和分析能力来理解和解释法律,利用他的沟通和辩论技巧与公众互动。"在街头,与那些可能正在经历生命最低谷的人打交道时,这些技能非常有用。"格雷说道。如今,他在印第安纳州克劳福兹维尔的沃巴什学院担任安全与保卫主任,这些创意写作技能同样发挥着重要的作用。

"我的工作范围很广泛,"格雷解释道,"有时候感觉没有止境。"作为确保整个校园社区安全的责任人需要做很多有关教学、解决冲突、协商和解释的工作。要说服许多不同的利益相关者接受可能本不喜欢的政策。"能够在传达信息时不惹人讨厌很重要。"格雷说道,他归功于自己所接受的创意写作教育。他能够深入问题的本质,理解不同的观点,并引导他人克服困难,这一切都源于学校教育。"这个基础实际上就是在课堂上建立的——与朋友、同事和同伴讨论(难题),为自己的观点辩护……我甚至没有意识到这些是我拥有的技能,直到进入现实世界。"

卡拉·豪斯:社区参与总监

卡拉·豪斯在北亚利桑那大学英语专业以优异的成绩毕业。她既热爱写作又热爱教学,在一位教授的建议下,继续念艺术硕士,专攻诗歌创作。"我最初的打算是从事教学工作。"豪斯说,完成艺术硕士学位后,她在大学担任了18个月的讲师,但几乎没有晋升空间。在一个物价昂贵的镇上领着一份中

第九章 为写作的职业生涯做准备

等薪资,并且不能保证续签合同,她开始为回到宾夕法尼亚州的家做准备。然后有一天,她公寓大楼的一个租赁代理提到自己的公司正在招聘,如果她想留在亚利桑那州的话,这可能是一个不错的选择。"一个月之内我被雇用了。一天之后,我得到经理助理的位置,而大约一年半后,我成为社区经理。"

如今豪斯担任社区参与总监,这个职位将她的创造力与对当地住房政策的兴趣结合在一起。除了撰写法律评论、公共关系方面的内容和营销文案,她还撰写拨款提案,在当地、州和国家层面向立法者演讲,最近还协助制定了亚利桑那州弗拉格斯塔夫市的一项重要战略计划,该社区历史悠久。"从根本上说,我作家的身份构建了面具下的职业身份。"她告诉我,"我的工作可能是企业性质的,但它的灵魂仍然带着诗人的心跳。"并不是说她的工作要写很多诗,而是日常的写作项目需要她在学生时代学到的那一套创意技能。而且豪斯说:"当完美的措辞在纸上流溢出来时,我仍然会感受到那种兴奋。"

豪斯当然对她的文科学位心怀感激,但她希望学生们清楚他们正在做什么:"我 2004 年开始本科学习,那时还流行说'你可以用文科学位做任何事'。"然而在她的经验中,这只适用于那些愿意想象自己从事各种职位、随机应变的学生。"在职业追求的过程中充满创造力,这样才能找到一份允许你发挥创意的工作。"豪斯说。也许我们还得待在合适的地方,抓住合适的时机。"如果用一个词描述我毕业后的职业道路,那就是'机缘巧合'。"

想要找到与创意写作相关的满意工作,这三个例子突显出几个关键因素。请注意,这些作家在朝预想的职业方向前进时,不再过多地比较细节,而是去了解自己,弄明白自己想要如何度过人生。然后他们让自己处于有利的情境以实现目标。追随我们的激情并不意味着必须挨饿,但一定要保持灵活,以新的方式广泛运用这种激情。

为职业生活做好当下的准备

法里德·扎卡里亚在他的书《为人文教育辩护》中写道:"如果想要在人生中取得成就,很多时候你得投入时间,培养良好的习惯,与他人愉快地合作,还得靠点运气。"总之,这就是以上三位写作者及其他像他们那样的人所做的。这些人努力工作,保持好奇心,追求创意方面的兴趣,并学会如何以雇主理解的方式发挥自己的技能。运气也占其中一部分。但与其说成功人士撞上了运气,不如说他们自己创造了运气。他们想要获得新的体验,以积极的态度迎接各种机遇,在下一次良机来临时已经做好准备。

我之所以说"下一次良机",是因为正如扎卡里亚所解释的,21世纪的经济在不断发展,无论我们学习什么,都可能"与毕业后马上从事的日常工作无关"。如今的学生更不太可能在同一位雇主那里建立职业生涯，而是在不同的雇主之间搭建起一套专业技能。扎卡里亚写道："你所获得的技能和解决问题的方法是永恒的。"而且，"考虑到如今行业和职业的发展如此迅速，你需要不断将这些技能应用到新的挑战中。"

作为创意写作的学生，我们能否找到快乐、富有成效并且充实的职业生涯，很大程度取决于在这种不确定性和变化中保持耐心的能力，同时不断寻找应用我们技能的新方法。在实际层面，这意味着通过现实世界的情境来积累经验，帮助我们培养出一些课堂外的自信心，以创造性、批判性思维思考事情。在我的大学里，我们把这称为"人文+"，就是将你的人文教育与其他内容相结合，通过实践来提升专业素养。而且实践也是非常多样化的。以下只是几个例子。

创意写作+

如果我们正在创意写作的课程中学习，应该考虑一下其他课程，以充实工作坊和研讨课。也许我们对另一个领域也有兴趣，为学位增色——市场营销、数字人文学科、计算机编程、编辑、平面设计，甚至商业。想想我们之前提到的米拉·迈尔斯的例子，她通过将创意写作课程与政治学相结合，为未来的工作打好了基础。我们可以选修一两门有针对性的课程，或者读一个辅修项目。这样就能以全新的方式锻炼创意技能，开拓更广泛的职业可能性，并培养多门才艺被雇主看重。这不仅仅是将创意写作和其他课程加在一起，还是将创意写作的技能运用到其他领域。

实习

也许创意写作的学生为职业生涯做准备，最直接的方式就是实习（至少一个）。研究表明，学生在毕业后找到第一份工作，实习的作用比什么都大。密歇根大学的吉娜·谢瑞达和约瑟夫·斯坦诺普·恰尔代拉写道，原因很简单，在实习中，学生直接从专业人士那里学到技能，每天都有机会"展示他们在组织中协同工作的能力，展示他们对特定工作的投入"。实习提供了一个低风险的职业环境，在这里创意写作者可以发挥软技能，对他们必须为职业世界贡献什么形成一些清晰的认识，实习还可以帮助学生建立人脉关系，在求职的时候非常有用。

就业

我念大学的前一年半，曾干过一份在校园里打扫卫生的工作——清晨扫厕所。这份工作薪水不错，还留给我足够多的时间来学习。然而我最终意识到，需要一些职业经验来为毕业后的生活做准备。我找到两份校园兼职工作，可以充分利用我的英语专业技能——为教育学院写公关稿，还担任了写作导师。我一天到晚从课堂到公关办公室，到辅导课程，再回到课堂。这次经历让我初次尝到职业的滋味，我发现自己真的很喜欢写作和教学。大学里的任何工作都不错，但职业工作的作用类似于实习——它让我们练习以新的方式应用学到的知识，帮助我们发现自己的兴趣和技能所在。

志愿工作

许多有意义的组织如果没有志愿者的帮助就无法继续存活，而且很多志愿岗位提供与实习或带薪工作相同的职业发展机会。在我们自己的写作社区中，可能会有艺术中心、图书馆、学校、监狱、文学杂志等组织，它们会很乐意得到我们的帮助。志愿工作还有一个附带的好处，那就是让我们走出大学的象牙塔。我大一时在当地监狱教了一学期的扫盲课。虽然没有什么意义深远的"为人师表"[1]的时刻，但一个囚犯老喜欢扯些不着边际的话题，确实让我学会了一些重要的课堂管理技巧。在合适的岗位上，我们可以将自己的兴趣和热情发挥出来，为社区做出贡献，同时也为自己创造有意义的体验。

---

[1] 原文 *Stand and Deliver*，《为人师表》，1988 年上映的一部美国剧情片。

教学和研究助理

许多学院和大学为本科生和研究生提供教学和研究助理职位。这些学生与教授一起工作——教授课程、评估学生作业、开展研究或者协助其他项目。学生得以近距离观察教授的生活,对整天从事教学和研究工作有直观的感受。而且这是与教授建立关系的最好方式,他们日后可能会成为你的职业推荐人。许多研究职位还能让我们接触到自己也许没有追求过的兴趣和领域。这本书的插画师凯丝·理查兹(Kath Richards)刚开始是我的研究助理,协助我采访和编辑草稿,但在一次书籍设计的头脑风暴会议上,她同意尝试做插图,然后她不仅设计了每章的信息图表和图标,还设计了书的封面。

留学项目

去其他国家学习有许多方式,其中一些方式对职业准备更有助益。有些留学项目可能或多或少像是延长的度假,但还有一些提供了具有挑战性的课程和对真实世界的体验,帮助学生成为全球公民。"我们的海外之行需要与本地生活相交融。"安露·塔拉纳特写道。她认为在国外与不同背景的人进行交往,无论我们怀着多么友善的心,都不会成为全球公民,除非我们愿意重新思考在自己的国家与谁互动,以及如何互动。换句话说,理想的留学经验应该将我们的创造性、智识兴趣与最关心的全球问题相结合。然后需要运用我们的技能,为回国成为更好的公民做好准备。

如果我们以错误的心态参与这些活动,可能只不过是将经历毫无灵魂地列到简历中。但当我们有意识地参与,为了提升技能、去发现新的职业可能性,它们会是博雅教育的重要组成部分——帮助创意写作者认识到技能的内在价值,而且培养必要的信心,以便在职业世界找到适合这些技能的位置。

追求学术职业

所有这些拓展自己人文教育价值的谈话都没问题,但那些下定决心要成为创意写作教授的人怎么办呢?我当然是其中之一,不能因为其他人与我目标相同而怪罪。但假装创意写作的学术市场在扩大是不道德的。实际上大多数艺术硕士和博士毕业生不能获得大学或学院的全职终身职位。"对于创意写作艺术硕士来说,学术界没有可持续的职业道路。"约翰·沃纳在2014年写道。他警告:"不要认为你是现实中的例外情况,你不是。"虽然沃纳在这篇文章中没有明确提到博士毕业生,但情况也差不多。沃纳继续说:"问题是每年都有成千上万的人毕业获得学位，但只有很少的职业教学岗位能够接纳他们。"

那些成功获得令人羡慕职位的人，通常已经有了重要的出版记录，还有丰富的教学资历和其他丰富的职业经验，这些背景都会引起招聘委员会的注意。这种类型的作品集可能需要多年时间来编写，在此期间没达到标准的毕业生别无选择，只能接着投稿，同时为低薪、没有医疗保险或退休福利的兼职教学工作填补空缺。经过几个招聘周期，如果他们没有发表足够优秀的作品以在全职终身教职市场上取得竞争力，许多人会转向更稳定、薪资更高的工作，往往在学术界之外就业。

尽管情况如此严峻，学术市场仍会有空缺的职位。教授会调动，或者退休、辞职并且转行。偶有新成立的创意写作项目，或者已有项目被扩大，从而为创意写作教职人员提供了机会。追求这些职位没错，我们要提前采取一些具体行动，让自己尽可能具备竞争力，为投身艰难的学术事业做好准备，并且认真规划职业的第二套方案。

适应就业市场

学术职业建立在学术研究、教学和公民身份之上。学术研究（出版的作品）几乎一直是衡量学界职业成功最重要的标志，尤其在就业市场上。即使那些对教职人员没有出版要求的大学，往往也会更青睐已经发表了作品的申请人，而不是那些没有作品的人。其次是教学能力,公民身份紧随其后——我们在系里、学校和更大的学术社区中服务的能力和意愿。任何情况下,招聘委员会都在寻找"轨迹"——有证据表明我们已经走在他们所希望的工作道路上。有学术抱负的人应立即在这三个领域积累经验,然后在申请和面试过程中准备阐述。

出版。招聘委员会在寻找什么样的出版记录?几个常见的形容词:活跃、重要、强大、卓越、优秀、成功。可能是最近在国内公认的出版社出版的一本书,或在备受尊敬的文学期刊上发表的几篇短篇小说、散文或诗歌。"同行评审或引用的期刊文章是黄金标准。"卡伦·科尔斯基写道。他著有《教授来了》[1]。在创意写作领域,稿件要在声誉良好的出版机构中被公正的审读人接受并发表,绝不是在没人听说过的地方发表一篇随意的文章,或三篇书评,或半打会议演讲。

为进入就业市场做准备,要润色手稿,从读者那里获得反馈,与导师讨论提交作品的地方,一旦作品打磨到最佳状态就投出去。还要将拒绝视为写作过程的一部分——手稿被拒绝后进行修订,尽快重新投递。对于小说家或回忆录作者来说,在创作长篇作品的同时,还要准备一些较短的作品——散文和短篇小说,可以用来构建出版作品集。我们可能最终还是希望写长篇作品,但如果不写一些短的,申请工作时就可能会面临作品集中没有出

---

[1] 原书名 *The Professor Is In*。供有兴趣的读者查阅。

版物的风险。

教学。大多数招聘委员会认为优秀的教学与出版同样重要。密苏里大学创意写作主任阮风建议学生在创意写作、文学和创作方面应尽可能多地积累教学经验。他还建议学习教学法，获取大学教学证书。"你得表现出注重教学。"阮风说，"这是脱颖而出至关重要的一步。"招聘委员会将寻求教学和学习的方法创新，对当前教学实践进行考核，并许下多元化和包容的承诺。

公民责任。除了写作和教学，教员还要承担许多职业服务。他们指导学生，在论文委员会任职，参加教师评议会，进行同行评审，编辑期刊，组织会议。而且所有部门都需要领导——委员会主席、系主任、监察员和公共事务交流官。所以要在需要的地方提供志愿服务。组织学生活动，策划阅读系列，审阅期刊读稿——找到一种贡献的方式。"大学和大学以共同治理模式运行，"娜塔莎·萨吉写道，"你未来的领导，也就是即将雇佣你的人，想知道你是否自愿承担工作。"

准备申请材料

招聘委员会通常会要求申请信、个人简历、写作样本和推荐信。他们可能会看围绕教学和多元化的教育理念陈述，甚至可能还要求提供以前教课的学生评价副本。在接下来的部分，

第九章 为写作的职业生涯做准备

我们将讨论如何根据每所学校的特定需求来调整申请的各个环节。

申请信。维多利亚·瑞斯写道:"这封信的目的是介绍你作为学者的身份,作为将来的同事为系里带来的贡献,以及你怎样符合招聘启事中列出的要求。"瑞斯警告说:"不要使用陈词滥调、行话和夸大之词,她表示最好的申请信建立在具体的证据之上——我们的出版记录、经验以及获得的奖项或荣誉。基于事实的强调会自然地展示出你的成就,而不是空洞地告诉审读材料的人你的承诺。"

就专门的创意写作职位(比如小说家或诗人),这封信可以突出我们对特定文体的专业知识——我们的学术研究、教学和公民责任如何相互影响,以及如何在自己的领域为更广阔的学术讨论做贡献。对于综合性职位(招聘委员会在寻找能够教写作、文学以及创意写作的人),我们最好侧重于经验的广度,并表达对团队合作的工作热情。英语系重视这种合作和服务精神,尤其在系比较小、人手不足或资金紧张的情况下。

写作样本。审读材料的人会寻找我们作品中令人信服的例子——突出我们对语言的适应能力、深度思考的能力、文化意识以及与文学传统的关系。可他们也在将我们与其他候选人进行比较。因此,虽然我们的写作样本应为读者清晰地展示自己的审美能力,但也应显示出我们可能为课堂和更广阔的学术讨论带来什么。

对于专业的职位，我们的样本应该凸显对特定文体的专业知识——展示我们对文学传统的理解，做出贡献的信心。对于综合或涉及多种文体的职位，可以考虑提交多种文体的写作样本，特别是当我们发表的作品不止一种文体时。即使没有发表多文体的作品，也可以利用申请信来论述我们在写作、教学和公民责任方面的经验，我们如何从中获得专业能力，能够教授多种文体。

推荐信。除了衡量我们的学术质量，招聘委员会还负责评估我们是否适合在该系工作。推荐信有助于让委员会成员在具体的情境中考量我们的学术工作，了解那些最熟悉我们的人的看法。虽然一封推荐信只有溢美之词可能会被认为失之偏颇或过分夸大，但评审人之间如果达成共识，就会具有说服力。

我们从什么人那里请求推荐信取决于申请的职位。例如，如果工作包括协助学生杂志运作，而我们曾在杂志社工作过，那么来自编辑的推荐信可能就特别有用，尤其是如果编辑可以直接谈论我们对杂志的贡献。又或者工作涉及大量的创作课教学，那么从观察过我们教学并能够证明我们才华的人那里获取推荐信，将为我们在申请的其他环节提到的任教说明增加可信度。

当然，最了解我们的人可能也了解我们的弱点，所以只从那些坚定支持我们工作的同事或教授那里请求推荐信。娜塔莎·萨吉写道："管理人员读得出言外之意。当要求某人写推荐信时，你应该有一种感觉，他们会写一封考虑周到的信，所以坦率地问，能否为你写一封不错的信。"如果我们已经知道某人对我们的工作有意见，那就根本不应该请求这个人写推荐信。

个人简历。任何追求学术工作的人都应该在简历上不断扩充职业经验和资历。但我们应该准备好根据特定的职位要求来调整简历。所有的简历都以联系信息和教育背景开始，但根据我们申请的职位，可能需要重新安排接下来出现的内容顺序。对于一流研究机构的副教授职位，我们应将出版物和会议报告的列表放在前面，以突显我们在学术研究方面的参与度。而对于寻找"多功能"教师的社区学院，我们应将教过的所有课程和获得的教学奖项列在前面。

教学理念陈述。这是一个机会，强调我们作为教师的优势（我们在教学和评估方面的创造性方法）展示我们对当前教育理论的认识以及对学生个体的投入。这并不是情感的反思，不是庆贺教学的喜悦，也不是对我们课堂高光时刻的叙述。卡伦·科尔斯基写道："我们不想要教学故事。我们想要教学的原则，用证据证实你在具体的课堂目标和实践中体现了这些原则。"

科尔斯基推荐一个简单的公式：确定一个我们希望在课堂上实现的"广泛适用的益处"，然后描述我们认为有助于实现这种"益处"的方法，用自己的教学例子作为支持。接着提供证据表明这些策略是有效的，然后就完成了。就一页。简单直接，过程中附上具体示例。我们不需要将自己呈现为完美的教师，而要表现出自己是尽心尽力的教师，清楚地认识到课堂方法何时奏效，以及不奏效时应如何进行调整。

多元与包容性声明。学院和大学在寻找这样的教职员工——他们努力使课堂和广泛的校园社区更加包容、公平，学生更容易融入其中。与教学陈述一样，只是嘴上说一些含糊其词的原则与真正许下承诺完全不同。多元与包容性声明应强调我们在多元化方面的具体经验，并详细说明已实施的具体步骤，以支持传统边缘群体中的学生。我们可以讨论如何在教学大纲中重视多元化，或回顾一个有意义的课堂时刻，或者在与学生之间出现对话困难时，我们如何去调和。我们还应突出强调接受过的任何具体的培训，以及所支持的任何有关多元化和包容的组织。如果我们在多元化方面没有太多经验，塔尼娅·顾拉什-博萨建议："那就走出去做点什么。在一个表现不佳的学校注册成为导师，在仁人家园[①]建一座房子，或在教学中引入反种族主义的教学法。"当然了，这些努力只有在影响我们的课堂教学时才会产生意义，否则只是润色简历而已。

[①] 即 Habitat for Humanity，一个国际慈善房屋组织，以"世上人人得以安居"为理念，解决贫穷的问题。

大学招聘流程

大多数大学的招聘流程包括三个阶段：第一阶段，在秋末或冬初，委员会审查初步申请，申请的内容通常包括申请信、个人简历、推荐信、教学和多元化陈述，以及写作样本；第二阶段，委员会集体定下一个符合资格的候选人入围名单，要求这些候选人提交更多的申请材料，材料包括样本教学大纲、学生评估和进一步的写作样本）；第三阶段，基于第二次的筛选，委员会邀请少数候选人参加初步面试，并最终邀请两到三名入围者进行正式的校园访问。

成功通过招聘流程的初始阶段需要出色的申请，但大家都知道，申请材料上的那个人与真实的人是不同的。joeyfranklin.com/writershustle 网站上有许多链接，提供了关于面试和校园访问流程细节的一些最佳网上建议。但能否成功取决于两个基本问题：首先，我们是否真的像申请材料上展示的那样聪颖过人？其次，我们的个人脾性是否适合该系？

如果我们已经获得面试或校园访问的机会，可以放心地假设我们至少在理论上是该系正在寻找的员工类型。但在面试和校园访问的环节，我们的工作是打消所有疑虑。首先要做好调研工作：上网熟悉这所大学及其使命陈述，熟悉该系及其主要提倡的精神。了解创意写作和其他课程设置，了解我们感兴趣的课外活动。如果已经对如何服务该系有了想法，那么论证我们是合适的雇员会更加容易。

还应做好准备，具体谈论我们的写作——已发表的作品和正在进行的作品。招聘委员会不仅希望听到我们使用专业语言对创意写作的技艺和理论辩证地讨论，还希望看到我们的写作追求如何影响教学工作。

无论面试是针对特定类型的职位还是综合性职位，我们都应为特定课程选择具体的文本，并说明如何在教学中使用，做到心中有数。如果我是一位诗人，委员会会期望我详细谈论可能会传授的诗人和诗歌，但他们也可能对我用来教授小说、创意非虚构作品，甚至创作或文学课程的文本感兴趣。在招聘过程中，也许会感觉系里在给候选人一个机会，但如果我们能让该系把我们视作潜在的资产，那么招聘决策就会更简单。

另一种展示我们适合该岗位的方式是在面试和校园访问期间，真诚地表现出对参与互动的教职员工和学生的兴趣。如果我们事先做好功课，就应该对遇到的人以及他们所在的系有很多问题，但同样也要准备一些实地调查。了解教职员工和学生们喜欢这个系的什么，不喜欢什么。询问教职员工的研究和创意项目，询问学生们最喜欢的教授。在面试和校园访问过程中，大部分焦点自然会集中在候选人身上，这可能会耗尽人的力气，尤其是在非正式场合——招待会、晚宴

第九章 为写作的职业生涯做准备

面试过程

"最好的出路总是勇往直前。"

——罗伯特·弗罗斯特

研究
- 职位（你的经验如何与职位描述相匹配？）
- 教职员工（你与谁的职业兴趣相同？）
- 组织（你的工作如何契合他们的愿景？）

现在研究 = 后面自信

准备
- 练习面试会提的问题
- 准备你自己的问题
- 穿得职业（将焦点放在你身上，而不是你的衣服）
- 早点到，方便一下，检查拉链，检查你的头发，快速含一颗薄荷糖

从现在的雇员那里寻求建议！

表现
- 保持平静
- 在回答之前稍微停顿，深呼吸
- 慢慢说
- 展现真正的兴趣
- 提出真正有意义的问题（谷歌不能回答的）

做（最好的）自己

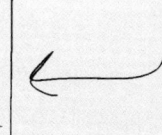

#1 最被雇主青睐

跟进
- 写一张表达感谢的条子，表达明确。你学到了什么，你很开心遇见了谁？
- 重申感谢 & 你的兴趣

提醒他们为什么你是这项工作的最佳人选！

图9 面试过程，罗伯特·弗罗斯特，波士顿以北。纽约：亨利·霍尔特与公司，1915年。

和闲谈中。一个准备充分的候选人会模拟所有教职员工都希望在工作中看到的互惠互利的情境。(图9)

制订一个不错的备选方案

在努力搭建职业作品集（写作、出版、教学、培训和志愿工作）的过程中，我们必须为不理想的情况做好准备。并不是每个人都能得到工作机会。可能会有比我们更合适的候选人。即使我们拥有资格，通过面试，甚至拜访了校园，也可能因为无法与某个系的教职员工融洽相处，而让其他人得到这个工作机会。这样的情况可能会一次又一次发生，我们在临时教学岗位上工作了好几年，祈祷运气降临。多拉·马莱奇曾经写过，准备终身教职申请就像买一张"非常费时的彩票"。虽然情况没那么糟糕，但教职招聘正如马莱奇所说，"部分是流程，部分是运气"。我们尽力准备最出色的申请材料，但最终"你的材料必须在合适的时机送到合适的人面前"。这在很大程度上是我们无法左右的。

可能会有一个时刻，我们感觉追求教职的机会成本太高，所以决定寻找其他出路。如果之前一直在为此做准备，那么这个决定实施起来会更加容易。我们之前提到了提升和补充博雅教育，这一切对于研究生以及在就业市场上刚获得艺术硕士和博士学位的人都很适用。我们可以考虑附加课程、实习、研究、教学助理职位、自由职业和其他就业机会，还有志愿服务。通过所有这些课外活动，我们会接触到各种各样的职业以及专业人士。我们可以借助这些经验和人脉来寻找有价值的就业机会。

我研究生阶段的一位朋友过去常说："如果这一行走不通，我总能卖保险。"我们很多人可能都有同感。除非你觉得自己随便进入任何行业都无所谓，否则你最好现在就对职业有所准备。我们最好清楚地思考自己的技能和兴趣，并积极寻求机会以新颖的方式应用这些技能。毕竟，在追求梦想的同时拥有一套实际的备选方案与仅仅在脑海中轻描淡写地幻想其他方案是有区别的。

第十章

坚持不懈

第十章 坚持不懈

让我们以两位写作者的故事开始最后一章,他们叫詹姆斯和玛丽。

詹姆斯曾是中西部大学的研究生,大有前途。他看起来才华横溢,老师和同学们对他的作品印象深刻。工作坊的结构和课程安排使他进步神速,大家都以为他毕业后会以作家的身份扬名。他完成了毕业论文——一本短篇小说集,甚至还在一本知名杂志上发表了一篇文章。但毕业后,他却找不到教职,最终转向市场营销的全职职位。他偶尔会想起自己未发表的短篇小说集,迟早他会着手处理它们,但每晚回到家他都很疲惫,生活中似乎总是有绊脚石。他已经相当满足了,即使再也不写故事,这个世界也会继续转动。但每过一段时间,通常是读到一本好书的时候,詹姆斯就会感到心痒难耐。他猛然意识到自己内心中这么重要的一部分已经沉寂了如此之久。明天是一个好的开始,他告诉自己,明天,我要拂去电脑上的灰尘,开始写作。

玛丽在当地艺术中心参加了几个诗歌工作坊,尽管她从未认真考虑过学术职业,但发现写作颇有助益。她因此接触到伟大的文学作品,更加清晰地思考,创造力得到发挥,还结识了具有写作情怀的新朋友。最后一次工作坊之后,她仍旧保持着写作和阅读的习惯。玛丽白天的工作很忙，写作时间有限，但当她写的时候，感受到了写作带来的影响。她与一些作者保持联系，他们一起分享书籍，互相推荐，偶尔也分享写下的诗歌。最近玛丽加入了一个当地的写作小组，写作小组鼓励她完成一本手稿。她开始参加当地书店的开放麦之夜，朗读自己的作品，并与社区中的其他作家交流。其中一位作家将玛丽介绍给了一个本地出版商，尽管刚刚收到了拒绝信，但能够将自己的作品呈现出来感觉还不错，玛丽期待着回到键盘前继续写作。

我要在这儿稍做说明，詹姆斯和玛丽都是虚构的人物，并非真实存在。但这不意味着他们的情况不普遍。很多创意写作教授都能回想起一位才华横溢的学生，他在学校耗去数年时间投入写作，毕业后却放弃了这一切。这些教授也可能会提到一个参加写作小组或写作课的作家，从此改变了生活轨迹——这么说不是因为他后来得到令人羡慕的有关写作的工作，或新出版了一部伟大的美国小说，而是因为这个作家养成了终生阅读和写作的习惯，过上了更丰富、更满足的生活。像园丁、音乐家和木匠一样，这些作家发现了一门技艺本身的价值——努力工作的挑战，坚持不懈投入，还有投入后感受到的愉悦。他们每个人都不同，专注于自己偏爱的流派。写作不仅仅是一项爱好或职业，还是一种存在于世界并为世界赋予意义的方式。其中性格较为阴郁的人可能会像罗伯特·哈斯说的那样："写作是一种痛苦，不写作也是一种痛苦。唯一能忍受的状态就是刚刚写完的时候。"而那些性格较为乐观的人则可能更喜欢安妮·拉莫特的观点："写作有很多东西可以奉献，有很多东西可以教导，有很多惊喜……就像你以为自己需要用咖啡因来提神的时候，却发现自己实际需要的是茶。"

培养与写作的这种关系很难，维持多年的这种关系更难。研讨会结束，写作团体解散，社区凋零，友情枯萎，生活不顺。作为一名作家，要懂得世事变迁，适应变化。对，我们正在谈论韧性，也就是毅力。本书旨在发掘一系列思维和工作习惯，让写作者过上富有意义的创造性生活，无论世事如何变化。虽然我们的重点大部分放在新写手该如何入门上，但这些问题写作者们都会遇到，甚至要一次又一次面对。幸运的是，有些原则可以帮助我们调整、完善这些习惯，然后坚持下去，在此过程中维持一生的写作。

作息规律是神圣的，但并非一成不变

"我成为作家的一天，并不是卖出书的那一天，也不是被一个高大上的项目录用的那一天，"小说家泰德·汤普森说，"而是我第一次设定闹钟，真正起床的那一天。我走进厨房磨咖啡豆、倒水，最重要的是我告诉自己要坐下来开始写，这才是意义所在。"

泰德·汤普森建立日常作息，然后严格执行，"一天天地"渐渐成了作家。但写作生活也需要灵活性，作息也是可以调整的。每天写作 1 小时可能现在适用，但半年后也许就只有 15 分钟了。核心是我们要坚持一套作息制度，别执着于细节。"你找到写作效率最高的时刻，然后善于利用。"汤普森说道，"你觉得那些时刻重要，它们就会真的变得重要；你认为自己的工作有价值，它就会真的有价值。"

作家的笔记本：如金矿般宝贵

诗人娜奥米·史哈布·内野将作家的笔记本比作厨房里的杂物抽屉，在那儿"我们放置所有小零碎"，不知道该怎么处理。就像那个厨房抽屉一样，一个备足材料的写作笔记本会包含各种各样的零碎，它们也许会在某天帮助我们摆脱写作困境。"如果你信任你的笔记本，它们就会在你需要时给你所需。"内野承诺道。这里的关键词是信任。相信通过记下意象、场景、人物、问题、奇异或令人愉悦的韵律线，我们正在为未来的某种潜在用途存储这些信息。我们的思考逐渐积累，当回顾笔记、挖掘灵感时，我们找到的不仅仅是杂物抽屉中的碎片，而是随着时间推移，渐渐记录下的心灵中的风景。

正如小说家黛安娜·阿布－贾比尔所描述的那样："阅读

以往的日记和大纲笔记让我看到，我们的内心世界有多么丰富。"她看到"奇异的涌动……重复的词汇和意象，模式，好像我们每个人都被嵌入了私人的主题和符号，能够帮助解开我们存在的奥秘"。零星地记笔记总比什么也不记好，但坚持写日记会帮助我们更好地整理生活中混乱的思绪，提供创作所需的原料，将这种混乱转变为艺术。

文学传统可以激发我们的灵感

诗人莫里斯·曼宁还是学生时，意识到一个"令人既解脱又畏惧"的事实——仅仅通过上课，无法学到所有他需要涉猎的书。这令人解脱，因为他知道自己可以自由阅读任何感兴趣的书。同时也令人生畏，因为还没读过的书实在太多了。可是曼宁说："通过阅读经典，我最终培养了对最佳书籍的渴望，以及阅读它们的纪律。"

小说家贾尼斯·费奇对她的阅读书单定了一个简单的规则——只读"非常优秀的书"。她警告说，别浪费时间在"休闲阅读"上，而要读"你真正欣赏的作品"，读那些"有独创性，写起来费力气而且视角独特的书"。费奇表示，如果希望阅读能对写作产生真正积极的影响，就必须急切地阅读。"研究你所读的书，剖析它们。去读书会，阅读评论……谈论你正在阅读的内容，谈论你感到有趣的点。"写得好意味着要参与文学传统对话，在其中写作、拓展、探索、颠覆、突破，但如果我们不了解传统，就无法做到这一点。

我们始终需要其他创意人才

苏拉娅·邓肯认为，要在她的职业生涯中为创造力找到发挥的空间，主要是倾听自己，弄清楚自己真正想要做什么，而且与能帮助她实现这一目标的人保持联系。

邓肯最初在阿姆斯特丹大学主修心理学，只是为了在她"严肃"的课程中喘口气，而上了创意写作课。毕业后她找到一份市场营销工作，虽然钱挣得不少，但却有很多消耗情绪的时刻，而且没多少发挥创意的机会。"我开了照片墙的诗歌页面当副业，作为抒发和提升自尊的方式。"邓肯说。通过这个简单的创意输出，她开始意识到写作和整个艺术领域在她心中比之前想象的要重要。

有了那个意识之后，她开始更直接地与团队中的创意人员合作，在社交媒体上发布构思，而且最终向老板提出将创意工作纳入她的工作范围。这为她制作一部作品集提供了便利，几个月后她用它申请了一家知名服装品牌的内容撰稿人职位，并被录用。

"对于钱，你必须与自己诚实对话。"邓肯说，"如果你愿意当一名贫穷的艺术家，那很好！如果不能，就努力找一份能够让你感到安全和有所成就的主业。"然后她说,"抓住任何人给你的公开或专业写作的机会。"

邓肯对工作很满意,但她毫不犹豫承认服装销售限制了自己的创造力。而且因为她早早认识到需要与其他创意类从业人员保持接触,所以她最近报名参加了一个编剧导师计划,与当地制片人共同创作一部原创电视剧。她并不指望能签下百万美元的网飞合约,但外部的支持使她的职业生活更加完满,这正是她需要的。

所有写作工作都是创造性的

我们都需要谋生,这对写作生涯会产生非常大的直接干扰。小说家托马斯·穆伦提醒我们,一些作家普遍认为:"最好有一份非写作的全职工作,这样你就可以在晚上和周末神奇地保留你的写作能量。"穆伦称这也许是他收到的"最糟糕的建议"。穆伦在 20 多岁时忍受着像咨询和非营利医学研究这样的右脑工作,他闷闷不乐地努力工作了好多年,同时像隐藏某种超级英雄的秘密身份一样隐藏他的写作。最终,他在 30 岁出头的时候,找了一份撰写市场营销文案的工作。

"与写小说一样有趣吗?没有。"他写道,"但它要比我之前的工作好太多了,那些工作把创造力视为某种可疑的性格特征,或是精神错乱的标志。所有的工作都需要时间和精力……

无论你做什么，到了下午 6 点都会感到疲倦。所以你还不如在真正擅长的事情上疲倦。"

作家兼自由文案撰稿人埃米·伯科威茨对她的"非创意"工作也有同样的感受。"撰写广告文案事实上非常有助于训练我的创意写作。"她告诉我，"一方面它让我克服了对空白页的恐惧。"当面临截止日期时，她也无法拖延，"即使我真的不知道该怎么开头，即使我不知所措，感到分神，也必须打开一个文档，让自己开始写作。即便写出的东西很糟糕，我也必须一直写下去，直到某个地方灵感被点燃。灵感总会被燃的。"

此外，她受到的诗歌训练对文案撰写工作也有帮助。在这两种体裁中简洁都很重要，语言的微小调整会产生重大影响。当然了，区别的意义在于自我意识。"最后我的名字不会出现在市场营销文案中。"这意味着即使她在工作中写作，也可以将情感投入个人项目。她说："它们承载了我的灵魂。"

并非所有的写作工作都足够有创意

克里斯·梅尔是一位短篇小说作家，后来专门从事品牌叙事的工作。过去 20 年里，他帮忙改进一份大学校友杂志，获得小说方向的艺术硕士学位，为《普林斯顿评论》撰写大学指南，在一家中型品牌代理机构担任创意总监，并两次自己挂牌担任营销顾问。尽管梅尔的职业生涯为如何将创意技能应用于职场起到了示范作用,但他真正教给我们的是如何运用创造力,不让全职工作限制我们创意的发挥。

梅尔创办自己的公司时,设定了典型的商业目标,即为客户提供有价值的服务,但他还希望"有时间投入到与客户无关的创意项目中"。2015年,他成立了一个小而美的表演艺术公司,在华盛顿特区及周边开展精彩演出。在这些表演场所,演员和观众的距离很近,他称之为"小沙龙"。2020年新冠肺炎疫情期间公司停业了,但之前他们已经在华盛顿特区都会区域[①]举办了50多场活动。梅尔说:"我们会在一间客厅塞进100个人,晚上再送回家,让他们不仅有机会见到新的艺术和艺术家,还有希望结识一些平时也许不大会有交集的新朋友。"尽管梅尔的工作并不完全是"创意"型,但他认识到自己有多么看重艺术,因此在工作生活中开辟出一个空间,让从事艺术成为可能。

此外他也抽出时间继续写作,最近用3年时间拍摄、剪辑了一部关于"弗吉尼亚乡村地区非法赛道"的纪录片。梅尔热爱他全职工作中创意的部分,但他表示:"如果职业工作并不总能缓解那种心痒难耐、想要创造的冲动,那么找时间和空间做一些创造性的工作就十分必要。"(图10)

---

① 原文为 Washington DC metro area,通常指华盛顿特区及附近马里兰州和弗吉尼亚州的一些城市和郊区,它们构成了一个较大的城市群落。

成为作家

作家宝典

一份自我评估

"声名远扬与碌碌无为常可以互换使用。"

——伊迪丝·华顿

- ☐ 我广泛阅读以让自己见多识广,获得灵感。
- ☐ 我用一套可靠的笔记系统来记录自己的日常思考和观察。
- ☐ 我为写作设定现实、可衡量的目标。
- ☐ 我按照一套作息生活,以达到写作目标。
- ☐ 我上网搭建写作社区,扩展阅读。
- ☐ 我寻求同伴的评价,信任评论,将其视为写作的一部分。
- ☐ 我寻找在工作和生活上都能做出表率的导师。
- ☐ 我通过参与本地写作社区来支持其他作家。
- ☐ 我信任过程——杰出的写作非一日造就,一天一天来。
- ☐ 作品成熟的时候我就投出去,并将拒绝视为写作的一部分。
- ☐ 如果我参加了一个创意写作项目,也会准备备选方案。
- ☐ 我回顾自己的目标,调整习惯和作息以不断进步。
- ☐ 我原谅自己今天未能达成目标,明天继续努力。

图10 作家宝典:一份自我评估,伊迪丝·华顿,小说写作,(纽约:斯克里布纳出版社,1925年),19页。

第十章 坚持不懈

"我们如何度过每一天,也就是如何度过我们的一生。"安妮·迪拉德写道,"我们在这个小时做什么,下一个小时做什么,拼接成了正在从事的事情。"坚韧的作家知道写作人生来得缓慢,需要耐心、坚持和足够的宽容,以原谅自己的失败。但他们也知道,这样的生活必须有意识地发展而来。

这些作家都不是误打误撞地进入创作生活的。在本书中我们提到的几十位作家,他们通过试错、改错发现了让自己保持工作状态的方法。养成各种各样的习惯来阅读和记笔记,它们成为灵感的源泉。他们找到了自己需要的社区类型,以及社区的位置。他们塑造职业身份,以支持和提升自己的创意工作。他们还明白在面对变化时保持灵活的重要性。这就是作家的奋斗——并非追名逐利或编织人脉网络,也非谄媚或出卖自己,而是知道身为作家做什么有益,并且遵守必要的纪律使之成为现实。

许多人都认识一些以这种方式生活的作家——他们是令人羡慕的创作榜样,有自制力,几十年来一直保持着自己的技艺。我们将他们视为北极星,以证实这么多孤独的涂鸦是有价值的。对我来说,其中一位就是我的岳父迈克尔·菲茨杰拉德,他在我写完这本书的几个月前去世了。尽管他终生写作,但大多数人从未听说过他。他在20世纪80年代初主修英语,毕业后进入了技术写作领域。在接下来的几十年里,他一直从事技术资料、用户手册及其他公司文本的写作。他还发表自由撰稿,写了几本至今仍在出版的计算机编程手册，自费出版了一本童书，还在他 50 多岁时用亚马逊 Kindle 自助出版平台推出了几个长期的个人项目，包括一些有关宗教、积极生活和青少年小说的书，为此付出多年的努力。

然而，迈克尔职业写作背后的工作总是让我印象深刻。他自愿在小学教创意写作课。他一再定期上大学的文学和写作课以紧跟潮流，他还担任写作顾问——有时为了报酬，有时只是为了支持一个项目。他为孙子孙女亲笔书写、绘制插图，制作个性化的纸板书。他为垂危的朋友写诗，还会在深夜偶尔给我发短信，分享让他发笑的新词汇（我最喜欢 metroglyph[①]，这是他为涂鸦创造的新词）。最令人钦佩的是，迈克尔成年后一直保持着记日记的习惯——从 20 世纪 70 年代初到他去世的前一天，手写并编号超过两万页的日常观察、提问、忧虑和写作的点子。

迈克尔常常告诉我，是日记教会了他如何写作，而最终也是日记支撑了他的生活。迈克尔在 2020 年初感染新冠病毒，没能彻底康复。在接下来的一年半里，长期的新冠肺炎症状使他自身的免疫系统迅速恶化，引起慢性疲劳和短时间的残疾，身体已无法承受一整天的工作。可是他仍在写作。他帮助一位

---

① 该词可以拆分为 metro 和 glyph，"metro"意为"地铁"，"glyph"意为"符号、字形"。试着理解他创造的新词——"地铁里的字形"，即"涂鸦"。

第十章 坚持不懈

朋友写书，为自己的作品做营销笔记，直到去世前的一周，仍在日记里记录他那本青少年小说续集的想法。写作并不总能给他带来理想中的财富（大萧条期间，他甚至开过几年卡车），但他热爱写作，总会回到这条路上。他一步一步来，相信写作会带来它一直就有的东西——清晰、宁静、冒险的感觉，并借此瞥向自己的内心世界。很少有别的事物能够做到这一点。

迈克尔第一次感染新冠病毒康复后不久，在日记中写道："每天都要跑步。如果你不能跑，就快走。如果你走不快，就尽自己所能朝前迈。如果你不能朝前迈，那就蹒跚着前行。如果不能蹒跚前行，那就爬。如果不能爬，那就滚动身体。如果不能滚动身体，那就想象你在跑步。"我认为这是结束本书的最佳情绪。也许我们并不总能达到他人心目中的作家标准，但每天都推进自己的目标，以这种决心去追求，并且一路保持谦卑和虚心的态度，那么无论面临什么样的挑战，灵感都会涌现，随之而来的是对创意生活的满足。

致谢

我感激所有好奇、聪颖、自律、富有创造力、慷慨大方的作家，他们提供的故事和建议在很大程度上构成了这本书。我同样感激多年来我教过的所有学生，因为他们以惊人的坦诚和激情写作，提出了很多这本书所能回答的问题。我还深深感激许多写作导师，首先是帕特里克·麦登，这些年他一直鼓励我，对我影响重大，还有吉尔·帕特森、丹尼斯·科芬登、丁提·W.莫尔、黛安娜·休姆·乔治、凯尔·麦纳和已故的道格·塞耶。他们每个人都以自己的方式造就了今天的我。

也非常感谢帮助我开展这个项目的编辑和评审：肖恩·普伦蒂斯鼓励我向布鲁姆斯伯里出版社投稿，露西·布朗在全程的每一步都予我以指导。还要感谢审阅初稿各章节的同事和导师们：兰斯·拉森、斯宾塞·海德、妮可·沃克、斯蒂芬·塔特尔、阮风和雅明·罗文。感谢我的研究助理贝卡·埃文斯谢尔比·约翰逊，尤其是凯丝·理查兹出色的插图和设计，感谢杨百翰大学英语系和人文学院为他们的工作提供资金支持。

最后，特别感谢我的妻子梅丽莎，她不仅倾注了爱与支持，过去三年还与我一起讨论了这个项目的细节，奉献她在设计和教学方面的专业知识。再谢谢我们的三个儿子，他们从未觉得父亲老是在键盘上敲字而不称职。本书的每一个字都是为他们而写。

在致谢中特别提及第七章"投稿"和第八章"考虑更多的学校"，其中部分内容源自我早期发表的两篇作品：《投递手稿：为什么投稿应是你写作过程的最后一步》和《选择课程的艺术：考虑硕士学位的五个理由》。

出 品 人：许　永
出版统筹：林园林
责任编辑：许宗华
特邀编辑：赵丽杰
封面设计：刘晓昕
内文设计：万　雪
印制总监：蒋　波
发行总监：田峰峥

发　　行：北京创美汇品图书有限公司
发行热线：010-59799930
投稿信箱：cmsdbj@163.com